Bodo Kirchhoff
Ferne Frauen

Erzählungen

Suhrkamp

Umschlagmotiv: Bodo Kirchhoff

suhrkamp taschenbuch 1691
Erste Auflage 1989
© Suhrkamp Verlag Frankfurt am Main 1987
Suhrkamp Taschenbuch Verlag
Alle Rechte vorbehalten, insbesondere das
des öffentlichen Vortrags, der Übertragung
durch Rundfunk und Fernsehen
sowie der Übersetzung, auch einzelner Teile.
Druck: Nomos Verlagsgesellschaft, Baden-Baden
Printed in Germany
Umschlag nach Entwürfen von
Willy Fleckhaus und Rolf Staudt

1 2 3 4 5 6 – 94 93 92 91 90 89

Ferne Frauen

Olmayra Sanchez und ich

Ich spürte außer mir nichts: das war immer schon so und störte mich auch. Wenn es um den Menschen an sich ging, konnte ich eben schlecht mitreden; ich dachte dabei gleich an mich und zog falsche Schlüsse. Und so wurde es mein Ziel, mich wenigstens ein einziges Mal in einen anderen hineinzuversetzen. Durch einen Vulkanausbruch in Kolumbien, der eine Schlammlawine auslöste, ergab sich die Gelegenheit. Das Fernsehen machte mich mit Olmayra Sanchez bekannt, die aus einem Wasserloch schaute und unter den Blicken der Welt über Tage hin starb. Als alles vorbei war, schloß ich mich ein und sammelte meine Gedanken.

Ich saß am Küchentisch und blickte lange auf ein Zeitungsfoto. Es war eine gelungene Aufnahme. Man sah Olmayra Sanchez in einem Reifenschlauch, auf den sie, scheinbar bequem, beide Unterarme gelegt hatte. Das braune Wasser stand ihr bis zum Hals, sie lächelte schwach. Es war fast ein Urlaubsmotiv, dachte man sich die zerschmetterten Balken und all das Schlammige ringsherum weg. Olmayra war erst dreizehn, so konnte man lesen, mit Zügen einer jungen Frau, das fiel mir auf. Ihre Füße und Beine, vielleicht auch Teile des Rumpfes – ich konnte es ja nur vermuten – mußten unterhalb des Wasserspiegels eingeklemmt sein; nach ihrem Tod hat man darüber nichts weiter erfahren. Ich legte das Foto beiseite. Ich besaß noch andere, die Illustrierten waren voll davon. Ein Bild, das kurz vor ihrem Ende gemacht worden war, zeigte sie mit aufgeweichten weißlichen Fingern und den erloschenen Augen einer Greisin. Was war dem vorausgegangen? Ich versuchte mich in die letzten Tage und Nächte der Olmayra Sanchez, soweit es ging, hineinzuvertiefen.

Begonnen hatte alles, wie schon erwähnt, mit dem Ausbruch eines Vulkans in Kolumbien, dessen Name kurze Zeit später bei uns Gegenstand eines Fernsehquiz' wurde; und es war auch das Fernsehen, welches den Verlauf des ganzen festgehalten, wenn nicht gar gestaltet hatte. Die Blicke der Welt, sagte ich mir, haben es diesem Mädchen wahrscheinlich etwas leichter gemacht, zu sterben, ja, sie haben Olmayra Sanchez zeitweilig in einen Siegestaumel gegenüber dem nahenden Tod gestürzt und sie sogar Humor beweisen lassen. Ich erinnerte mich an einen Filmbericht, in dem sie winkte und zu den Kameras sprach und sich und der ganzen Welt, auch mir in meiner Wohnung, Mut machte: Voller Zuversicht war sie, daß man sie aus diesem Loch herausholen und sie damit gleichsam über den Vulkan und also die Natur triumphieren würde.

Kurz vorher hatte man mit einem Flaschenzug an ihr gezogen und sie fast in Stücke gerissen; was fehlte, war eine tüchtige Pumpe. Das wußten die Menschen in Europa, Amerika und Australien, und alle Welt wußte auch, daß diese Pumpe nicht mehr rechtzeitig eintreffen konnte. Nur Olmayra wußte es nicht. Schon vom Tode beschattet und aller Rechte auf ihre Tragödie beraubt, wandte sie sich tapfer an die Öffentlichkeit; es waren auch dieser jähe Weltruhm und ihre Verblendung, die mein Interesse erregten. Ich schloß die Augen.

Sie mußte sich irgendwann in diesem Wasserloch wiedergefunden haben, nachdem die Schlammassen zur Ruhe gekommen waren. Überhaupt stellte ich es mir ruhig um sie vor, ruhig und finster, die Luft noch von Asche erfüllt. Es herrschte weder Tag noch Nacht, als ihre Schmerzen begannen. Die Beine ließen sich nicht mehr bewegen. Jeder Versuch tat so weh, daß ihr die Augen hervortraten. Sie glaubte, in einem Maul voller Zähne zu stecken. Teile der Hauswand hatten ihr vielleicht die Schenkel gebrochen und beide Füße umschlossen, ein Armierungseisen war in die Kniekehlen gedrungen. Anfangs reichte ihr das Wasser knapp bis zur Brust, ein Balken bot Halt. Ihre Zähne schlugen aneinander; sie hatte Angst, und sie fror. Ab und zu gab es einzelne Rufe, wie fernes Hundegebell.

Der Schmerz beschleunigte ihren Atem. Sie schaute starr ins Dunkle. Was war geschehen? Wo waren ihr Bett, ihre Kammer, ihr Dorf? Was war das für ein Maul, in dem sie steckte? Olmayra rief nach ihrer Mutter, erst leise, dann laut, dann wieder leise. Die Asche in der Luft schien alles zu schlucken. Kleine schwarze Flokken legten sich lautlos auf ihre Arme. Sie hatte nur ein Leibchen an, ihr Nachthemd. Irgendwo ertönten mit einemmal Rufe, wurden heftiger und verebbten. Das Wasser stieg.

Als es heller wurde, waren ihre Schultern umspült. Angst zu ertrinken, ließ sie vorübergehend alle Schmerzen vergessen. Es regnete jetzt graue Tropfen, die etwas Öliges hatten. Das Licht nahm zu, es war wie strahlenlos. Die Sonne blieb verborgen. Olmayra sah den Rand des Wasserlochs und, keinen Steinwurf entfernt, den Kopf einer Kuh. Er ragte aus dem schimmernden Schlamm, die Augen waren aufgerissen. Die Kuh lebte noch, aber sie brüllte nicht. Dafür schrie eine Frau, die durch den Regen taumelte. Es war eine Nachbarin, und ihr heiseres Schreien schien gar kein Ende zu nehmen, bis ein immer stärker werdendes Brummen und Brausen es so übertönte, daß es einer Pantomime glich. Olmayra faltete bei diesem Brausen die Hände. Dann sah sie, wie die Nachbarin hinschlug. Ihr Gesicht war nun grau wie der Regen, mit einem klaffenden Mundloch darin; in allen Senken begann sich das Wasser zu kräuseln. Aus dem Brausen wurde tobender Lärm. Ein Hubschrauber landete. Er war nicht dunkelgrün, wie die Armeehubschrauber, sondern weiß mit roten Streifen. Das Maul der Kuh ging auf. Die Frau vergrub ihr Gesicht. Aschewirbel jagten über den Boden. Für einen Augenblick schien die Sonne.

Dem Hubschrauber entstiegen vier Männer. Einer von ihnen trug eine Filmkamera; durch ein langes Kabel war er mit einem der anderen, der einen Kasten um die Schultern hängen hatte, verbunden. Der dritte hielt mit beiden Händen eine Stange, an deren Spitze etwas angebracht war, das einer Frucht ähnelte. Sie geben mir zu essen, dachte Olmayra: eine Kamera hatte sie schon öfter gesehen, einen Mikrophongalgen noch nie. Der vierte Mann hatte die Hände frei. Er trug eine Weste mit vielen Taschen und hatte silbrige Löckchen und einen Schnurrbart. Mit Fingerzeigen gab er Befehle. Der Lärm hörte auf. Die vier Männer schauten jetzt zu ihr herüber, und Olmayra Sanchez begriff, daß das Fernsehen gekommen war und nun alles gut würde. Eine Rettung erschien ihr sogar sicherer, als wären Soldaten gelandet; es gab nichts, was sie dem Fernsehen nicht zugetraut hätte. Der Mann mit den freien Händen kam näher. An der hingeschlagenen Frau vorbei stapfte er durch den langsam steif werdenden Schlamm. Aus dem Kuhmaul trat rötlicher Schaum. Der Regen ließ nach, aber es wurde nicht heller. Die Sonne erschien als verschwommener Fleck.

»Wie ist dein Name?« rief der Mann.

»Olmayra Sanchez.«

»Und was ist mit dir? Kannst du nicht raus?«

Sie erklärte ihm, daß sie eingeklemmt sei, er sagte: »Sprich nicht so hastig.« Und sie sah, wie die lange Stange mit der Frucht an der Spitze zu ihr geschwenkt wurde.

»Sprich dort hinein und auch nicht so laut«, rief der Mann, und sie nickte, und die Schmerzen waren für einen Augenblick weg. Sie wiederholte ihren Namen, der mit der Kamera begann jetzt zu filmen. Er kniete am Rande des Lochs, und Olmayra fürchtete, er könnte hineinfallen und böse werden auf sie.

»Schau zu mir«, rief der Kameramann, und sie drehte sich etwas, ihr war, als sägte man ihr die Schienbeine entzwei. Sie schluckte Wasser, und es schmeckte wie Galle, und sie hustete und biß sich tief in die Finger.

»Was ist das für eine Stelle hier?« fragte der mit den Löckchen, »war hier euer Haus gestanden?«

Olmayra nahm die Hand aus dem Mund. »Ich weiß es nicht. Was ist geschehen? Wo sind die Häuser?« Sie wollte die Stange ergreifen, aber der,

der sie hielt, schwenkte sie hoch. »Euer Vulkan ist ausgebrochen«, rief er ihr zu. »Dadurch kam der Schlamm und hat alles begraben!«

Sie nickte wieder und fühlte sich mitschuldig am Verschwinden des Ortes. Wie ihre Eltern und die Nachbarn, wie jeder hatte sie sich für klüger gehalten als der Vulkan. »Immer zu mir schauen«, rief der, der sie filmte, und Olmayra Sanchez versuchte zu lächeln. Sie beneidete die vier Männer. Sie beneidete jeden, der nicht sie war, auch die Frau im Schlamm, die jetzt dalag wie tot; jedem, der diese Schmerzen nicht hatte, gehörte die Welt.

»Warum holt mich hier niemand heraus?« rief sie und schluckte Wasser, und der, der die Hände frei hatte, wollte wissen, wie lange sie da schon drin sei, in diesem Loch. Die Stange wurde gesenkt; Olmayra griff nicht mehr danach.

»Ich weiß es nicht. Es war dunkel.«

»Du mußt dich doch erinnern ...«

»Ich weiß es nicht.«

»Aber irgend etwas mußt du doch wissen!«

»Wir haben einen Film gesehen im Fernsehen. Dann sind wir ins Bett. Und dann ist das Haus umgefallen.«

»Wie hieß dieser Film?«

Sie versuchte sich zu erinnern. Es war ein Film mit Musik.

»Wurde geschossen?« fragte der Mann.

»Ich weiß es nicht.«

»Gut. Sag mir einfach, was du weißt.«

Und sie nannte die Namen ihrer Geschwister und die ihrer Eltern und deren Eltern und auch den Namen der Straße, die der Schlamm zugedeckt hatte, und sagte noch einmal, daß sie vor dem Zubettgehen alle ferngesehen hätten, einen Film mit Musik, und daß ihr jetzt kalt sei und irgend etwas durch ihr Bein hindurchgehe, was auch kalt sei, kalt wie Eis.

»Bald kommt die Sonne«, rief ihr der Mann zu. »Und wenn die Sonne kommt, wird dir warm. Und bald kommt auch Hilfe!« Er sah auf die Uhr und besprach etwas mit den übrigen Männern, und der mit der Kamera filmte den Kuhkopf. Olmayra hob ihr Kinn, um kein Wasser zu schlucken. Es fiel ihr schwerer, sich gerade zu halten. »Wir kommen zurück«, hörte sie den mit der Stange und sah, wie die Männer in den Hubschrauber stiegen und sich der große Propeller zu drehen begann und alles aufwirbelte mit seinem Wind, so daß es Wellen gab in dem Loch und ein Schwappen in ihr Gesicht und dazu einen Lärm, der schlimmer war als der Lärm von den einkrachenden Häusern während der Nacht, dann aber leiser wurde und leiser, bis es nichts mehr gab außer dem feinen Rieseln der Asche und von Zeit zu Zeit einem Schnauben der Kuh und mal aus dieser, mal aus jener Richtung

Laute, als spreche der Schlamm, und eine Zeit anfing, in der bald jede Minute schlimmer als die vorangegangene war.

Olmayra Sanchez betete, das Fernsehen möge wiederkommen, und das Fernsehen kam wieder, und mit dem Fernsehen kamen viele Leute. Man reichte ihr einen schwarzen Reifenschlauch in das Loch, damit sie nicht absaufe, und gab ihr zu essen, damit sie bei Kräften bleibe, und sprach ihr gut zu, damit sie den Verstand nicht verliere, und als es heißer wurde gegen Mittag und die Sonne brannte, bekam sie ein feuchtes Tuch auf den Kopf, das war rot. Bei Anbruch der Dunkelheit flog der Hubschrauber mit den Männern vom Fernsehen wieder davon, und die vielen Leute zerstreuten sich rasch. Es regnete leicht; jeder Windhauch trug einen seltsam süßen Geruch durch die Luft. Die nun folgende lichtlose Nacht erschien Olmayra endlos. Der Spieß in ihrem Bein, glaubte sie, sei ein Tier und fresse sich bis in ihr Hirn, und sie umklammerte den Reifen und streichelte ihn und schaute unentwegt ins Dunkle. Als es tagte, waren ihre Hände weißlich geworden und die Augen fast schwarz. Leute krochen heran, und man gab ihr zu trinken, das Fernsehen kehrte zurück, der mit den Löckchen winkte ihr zu; ein Kran wurde errichtet. Man legte ihr Seile um, und alle sprachen durcheinander, und die Seile wurden straff, und sie brüllte, als man ihr die Beine auszureißen begann. Die Leute wichen zurück, man ließ die Seile fallen. »Bald kommt eine Pumpe«, rief ihr der mit der Kamera zu und wartete, bis das Verzerrte aus ihrem Gesicht war, bevor er sie filmte – sie und das Loch und den Kran, der wie ein Galgen aussah. So verstrich dieser Tag, und die Pumpe kam nicht, aber dafür die Nacht, und mit einemmal waren die Leute wieder alle verschwunden, und das Tier in ihrem Fleisch fraß sich tiefer, und das Wasser stieg weiter, und es stank von der Kuh, die nun tot war. Olmayra glaubte, Musik zu hören, die Musik aus dem Film, den sie sich angeschaut hatten, ehe der Schlamm gekommen war. Aber es war ihr eigenes Wimmern, das da leise erklang. Bis zum Tagesgrauen hielt dieses Wimmern, bis noch mehr Menschen zu dem Wasserloch strömten, um sie zu sehen, und nun drei Kameras aufgebaut wurden und man ihr zurief: »Olmayra, du bist jetzt berühmt, die ganze Welt kennt dich und wird uns spenden – sag ein paar Worte zur Welt, sag was ...« Und sie grüßte die Welt und sagte, bald würde die Pumpe da sein, und alle könnten zusehen, mit welchem Triumph sie aus diesem Loch herauskäme, und die Fernsehleute waren zufrieden und flogen weiter. Man baute den Kran ab, und der Nachmittag kam und der Abend und gleich auch die schwarze Masse der Nacht, und sie war wieder allein, und jeder Augenblick, der von da an noch folgte, wurde für Olmayra Sanchez entsetzlicher als der vorangegangene; nur das feine Rieseln der Asche ließ nach. – Bis hierhin dachte ich es durch. Dann zerriß ich die Fotos. Ich hatte kein Mitleid, und was zählte sonst?

Der Badeanzug

War es ein Montag? Ich glaube, ja.

Ich kehrte meiner Frau den Rücken. Sie hatte sich entkleidet und sah hinaus auf den See. Der See war glatt und grau wie der Himmel, ich kannte den Anblick. Es schien keine Grenze zu geben zwischen Wasser und Luft; was fiel einem nicht alles ein. »Schau mich bitte nicht an«, sagte sie.

Ich stand mit dem Gesicht zur Tür, meinen lustigen Hut in der Hand, ohne den ich das Hotel nie verließ. Ja, es war Montag, jetzt weiß ich es wieder – eine Woche vorher war ich fünfzig geworden. Ich hatte alles hinter mir, bis auf das Glück, von dem freilich nicht sicher ist, ob es zum Leben gehört. Was mich sehr ausfüllte, war, in der Schwebe zu bleiben: oft wunderte ich mich, daß ich noch lebte. Es war die Stunde des Spaziergangs, doch nur ich stand bereit. Sie ging auf und ab, das konnte ich hören, vom Nachttisch zur Kommode und wieder zurück. Was dachte sie sich ... Sie wußte, daß es an der Zeit war. Und wußte auch, daß ich mich so erst recht nach ihr umschauen würde.

»Träumst du im Stehen?«

»Nein«, sagte ich.

Meine Frau, die immer zuerst sprach (ich betonte

das später), lachte kurz auf; mir war klar, was sie im Augenblick tat. Sie strich sich mit den Fingerkuppen über den Bauch, sie entfernte etwas Schmutz aus dem Nabel, sie riß sich ein einzelnes weißes Haar aus. Mir war auch klar, was in ihr vorging. Um sich an so einem Tag die Zeit zwischen drei und fünf zu vertreiben, wäre sie bereit gewesen, jede noch so wilde Gunst zu erweisen. Aus freien Stücken hätte sie die Knie an die Schultern gelegt, zum Beispiel. Sie wiederholte ihren Gang. Linkes Bein, rechtes Bein, linkes Bein; und sonst geschah nichts.

Ich rieb jetzt den Türgriff. Wenn sie wenigstens stillgestanden wäre! Von den Gegebenheiten ihres ruhenden Körpers konnten meine Gedanken mühelos abschweifen – zu einer namenlosen, engelhaften Gestalt, von der ich zu träumen begann, wann immer mir das Leben nicht im Wege stand. Ich drückte meine Stirn an die Tür und roch an dem Holz. Eine große Liebe, was ja doch hieß: ein großes Glück, war das einzige, was ich noch vor mir zu haben glaubte. Als gäbe es ein Recht darauf, so verbissen waren meine Träume davon. »Ist denn schon Zeit?« hörte ich meine Frau sagen.

»Es ist kurz nach drei.«

»So, viertel vier bald. Weißt du, was ich glaube? Daß ich dringend einen neuen Badeanzug brauche.«

Ich drehte mich um. Es war das Beiwort dringend, das mich dazu bewegt hatte. Sie stand nun am offenen Fenster, leicht über die Brüstung gebeugt, das Knie des einen Beines sanft in die Kniekehle des anderen; kein Muskel war gespannt, auf ihren Hüften lag ein Schimmer. Von hinten hatte ich sie früher nicht ungern betrachtet. Die Beschaffenheit ihrer Hinterseite hatte mir sogar Freude bereitet. Inzwischen belächelte ich das Gesäß meiner Frau. Ich sah durch die Balkontür auf die Liegewiese. »An was für einen Anzug denkst du?« fragte ich und hielt Ausschau nach meinem Boot, wenn es diese Bezeichnung verdiente.

»Ich denke an einen Einteiler.«

»Könnte dir stehen.«

»Woher willst du das wissen?«

»Reine Vermutung«, beeilte ich mich hinterherzuschicken und sah, wie sie den Kopf herumwarf. Ohne ein weiteres Wort zu verlieren, zog sie sich an. Ihre Bewegungen waren heftig. Sie schloß den Büstenhalter, als verdrehte ihr jemand die Arme. Nun, ich war es nicht; ich stellte mir nur vor, was sie dachte. Bestimmt hatte sie es für möglich gehalten, ich würde, anstatt spazierenzugehen, der Trägheit dieses Montags nachgeben und mich für ein, zwei Stunden neben sie legen; sie vielleicht streicheln, so von den Kniescheiben aufwärts, und allem, was zwischen dem einen und anderen Bein klopfte, besondere Aufmerksamkeit schenken. Und aus dieser vorsichtigen Hoffnung wurde schlagartig der Wunsch nach einem Badeanzug. Derartige Wünsche erfüllte ich ihr. Warum nicht. Ich entdeckte mein Boot. Es war aus Gummi und lag ohne Luft da, als könnte es nie wieder fahrtüchtig werden. Ich hob den Blick. Nur selten war der See so vollkommen glatt, und ich stellte mir vor, daß diese weite Scheibe eine einzige Hautfläche wäre, die Haut meines Engels. Ein feines Splittern unterbrach mich in diesem Gedanken. Es waren die Nägel meiner Frau: Sie schloß ihre Knöpfe an Bluse und Rock.

Offenbar hatte sie Mühe damit. Die Finger gehorchten nicht ganz. Sie schien noch nicht aufgegangen zu sein in ihrem Wunsch nach einem Badeanzug. Sie fragte sich wohl, weshalb die Lust in ihr nicht so zusammengefallen war wie das Gebäude der Liebe. Da existierte noch ein Juckreiz im Hinblick auf mich, vor allem in den Nachmittagsstunden. Ihre Fingerknöchel waren fast weiß von der Gewalt, mit der sie knöpfte. Sie sah mich an, und ich zeigte ihr ein fremdes Gesicht. Ich lächelte sanft. Dann setzte ich meinen lustigen Hut auf. Er war aus buntem Stoff und hatte die Form eines Feuerwehrhelms. Vielleicht sollte ich mir auch etwas gönnen, war mein nächster Gedanke. Gäbe es für Männer noch

Badeanzüge, ich würde sie kaufen. Alles, was den Körper verbarg, war mir willkommen. Meine Figur war, wie man sagt, pyknisch, und von Jahr zu Jahr wuchs die Zahl der athletischen Gäste. Ich verachtete diese Naturen, deren Geschlecht mir weder männlich noch weiblich erschien, sondern sportlich. Es war eines der wenigen Gefühle, das ich mit meiner Frau angenehm teilte. Wir machten beide unsere Witze, kam jemand mit Wespentaille oder prächtigen Schultern vorbei. Meine Witze waren dumm, ihre waren bitter.

»Wir können«, sagte sie.

Vom Hotel bis zum Ortskern waren es nur ein paar hundert Meter. Man ging am See entlang, vorbei an glücklosen Anglern, vorbei an Brettseglern, die das unbewegte Wasser anschauten. Ein Fahrradfahrer überholte uns, hinter ihm saß ein Kind mit Kapuze; ein Geistlicher kam aus der Gegenrichtung. Alle Sommergäste schienen zu schlafen. Trotz guter Lage war der kleine Ort B. kein besonders lebhafter Flecken. Es kam auch nur ein einziger, etwas abseits gelegener Laden in Frage, *Weltmode* stand über dem Fenster. Eine kurze, steile Treppe führte zum Eingang hinunter; der Laden war früher ein Keller gewesen, das sah man. Ich nahm meinen Hut ab und achtete auf die Stufen. Im Kreuz spürte ich die Hand meiner Frau. Sie drängte, wie immer. Als ich eingetreten war und den Kopf wieder hob, sprangen mir die verschiedensten Rottöne ins Auge. Grellrote Stoffbahnen bedeckten den Boden, an scharlachrote, wie Segel gespannte Tücher waren Einzelstücke geknüpft, mit dunklem Krapplack hatte man den Putz gestrichen, zinnoberrot war die Kasse, hinter der niemand stand. Wir waren allein – mit Badeanzügen und Blusen, mit Hemden und Gürteln, einem Korb voller Shorts, mit bunten Turnschuhen und allerlei nutzlosem Kleinzeug; und einer Stellwand, von der das obere Teil eines Leibchens herabhing, als müßte es jeden Augenblick fallen. Es war still in dem Raum, meine Frau sah mich an.

»Du solltest dir auch etwas kaufen.«

»Und was?«

»Shorts vielleicht.«

»Du weißt, ich habe keine Beine.«

Ich ging in einem Bogen auf die Stellwand zu, meine Frau lief zu den Badeanzügen. Ich behielt sie im Auge. Mit Handbewegungen, als teilte sie Ohrfeigen aus, fegte sie Bügel um Bügel, an denen Anzüge hingen, über eine metallene Stange. Blitzartig schien sie sich um jedes Modell Gedanken zu machen. Was verhüllt dieser Anzug, was läßt er unbedeckt? Wo lenkt er ab, an welcher Stelle erregt er Aufmerksamkeit? Verwischt er die Mängel, betont er sie gar? Nach solchen Gesichtspunkten mußte sie wählen. Das erforderte Vorstellungskraft, aber auch ein rigoroses Bild von sich selbst. Irgendwie tat sie mir leid. Ich wandte mich um und sah auf das Leibchen. Es mußte jemand abgelegt haben, der hinter der Wand war; ganz deutlich hörte ich ein Knistern, als würden sich Haare entladen. Ich roch an dem Stoff. Er duftete – ich wußte nicht, wonach. Gedankenverloren schnupperte ich noch ein paarmal daran. Bis mich ein kurzer, unvergleichlicher Schrei meiner Frau aus dieser Art Schwebe herausriß: das schreckliche Zeichen, daß sie sich in ein Ding verliebt hatte. Mit einem Auge schaute ich über die Schulter. Sie hielt sich einen schwarzweiß gestreiften Anzug vor ihren Körper, das eine Bein etwas streckend, als gäbe es da einen Zusammenhang zwischen beidem. »Wenn hier bloß jemand wäre«, klagte sie, und eine junge Stimme rief: »Moment noch.«

Das Leibchen wurde weggezogen, und in dem Spalt zwischen den Flügeln der Wand wurde es abwechselnd dunkel und hell. Dieses winzige Schauspiel aus Schatten und Licht beschleunigte meinen Puls. Mehr brauchte ich gar nicht zu sehen – mein Bild von dem Wesen hinter der Stellwand stand fest. Es war das Bild, das ich schon ewig in mir trug, in meinem Herzen oder wo auch immer. Solange ich zurückdenken konnte, gab es diese engelhafte Gestalt, mit der ich die Möglichkeit verband, endlich lieben zu können. Es war eine Vorstellung, die weniger der Sehnsucht nach einem bestimmten Menschen entsprach als dem Heimweh nach einer Landschaft mit ihren Farben und Formen, ihren Gerüchen und Klängen. Auf die übliche Enttäuschung war ich gefaßt.

Beide Hände im Haar kam ein Mädchen hinter dem schmaleren, leicht nach innen gewinkelten Flügel hervor. Es trug das Leibchen, dazu flache Schuhe. Sie waren himbeerfarben, wie ihre kurze, lockere Hose. Ich wählte eine der offenen Achseln und starrte dorthin; ich konnte dem Mädchen kaum ins Gesicht sehen. Selbst auf den zweiten Blick gab es keine Enttäuschung. Schwindel befiel mich, wie nach zu raschem Aufstehen. Den Namen meiner Frau auf der Zunge, hob ich den linken Unterarm über die Augen, als wollte ich mich vor der Sonne schützen. Ich sah das Zifferblatt meiner Uhr. Es war gegen dreiviertel vier.

»Ja bitte«, sagte das Mädchen.

»Wir möchten einen Badeanzug.«

Ich ließ den Arm etwas sinken und fing sofort einen Blick meiner Frau auf. Sie hatte Wir gesagt, um Front zu machen gegen das Mädchen; sie betrachtete es jetzt von der Seite. In ihren Augen war es sicher ein Mädchen von unauffälligem

Aussehen. Weder groß noch klein, weder hell-
häutig noch dunkel, nicht schmal und nicht kräftig. Es hatte nichts Hervorstechendes und nichts
Gewöhnliches an sich, und so war es wohl am
erstaunlichsten, daß es überhaupt existierte.
Meine Frau drehte sich weg. Ich sah, wie sie Luft
holte und den gestreiften Anzug gegen das Licht
hielt, das von der Gasse in den Laden fiel; es war
ein Licht, das einem alle Mühe machte, über den
Augenblick hinaus zu denken. Sie seufzte, und
das Mädchen ging auf sie zu. Es streckte eine
Hand aus und warf den Kopf in den Nacken. Es
bot sich an, den Anzug vorzuführen. »Gott«,
sagte ich leichthin, »so sieht man ihn mal.«
»Freilich«, ging meine Frau darauf ein. »Es hat
etwas für sich.« Und beide nickten wir kurz. Das
Mädchen trat hinter die Wand. An das Ladenfen-
ster flog ein Steinchen. Aber es war niemand zu
sehen. Dann hörte ich Schleifen von Stoff über
Haut, auch Atemgeräusche und knisterndes
Haar, eine Art von Musik. Und je mehr ich mich
zwang, den Vorstellungen, die sie hervorrief,
keine Beachtung zu schenken, desto ausgeliefer-
ter war ich ihnen bereits. Keiner von uns dreien
sprach. Eine Lampe, die neben der Kasse stand,
wurde sekundenlang schwächer. Ich kehrte meiner Frau den Rücken.
Plötzlich fragte ich wie nebenbei: »Sind Sie allein
hier?«

»Ja«, rief das Mädchen.

»Aber sind nicht aus dieser Gegend?«

»Nein«, rief das Mädchen.

»Aber führen hier den Laden ...«

»Während des Sommers!«

Mehr wollte ich nicht wissen. Mehr hätte nur gestört, am meisten ein Name. Ihr Leibchen fiel über die Kante der Stellwand, fast wäre es zu Boden gefallen. So wie vorhin drohte es jeden Moment herunterzurutschen – ich sah darin ein Zeichen, das mir zugespielt worden war. Meine Augen wurden naß. Das, was man Liebeswahn nennt, begann von mir Besitz zu ergreifen. Ich trat ein paar Schritte zurück, und das Mädchen erschien in dem schwarzweißen Anzug. Der Stoff sah wie auf die Haut gemalt aus: nichts von der Parodie eines Zebras, was ich bei meiner Frau befürchtet hätte. Das Mädchen drehte eine kleine Runde, es zeigte sich von allen Seiten.

»Was sagst du?« wurde ich gefragt.

»Ich finde, er ist gut geschnitten.«

»Du weißt, ich habe keine Brust.«

Dem widersprach ich nicht. Langsam schritt ich um diesen Engel herum, der nun abwartend dastand, meine Frau faltete indessen die Hände, ihre Knöchel leuchteten wieder; ihr Blick sprang hin und her, von mir zu dem Mädchen und hastig zurück. Es konnte ihr nicht entgehen, wie ich schaute. Ich zeigte nicht jene Art Träumerei, aus

der sie mich sonst immer zu wecken vermochte.
Nein, ich sah, was ich sah. Und ich sah es nur mit
den Augen. Das Mädchen lächelte. Es glitt auf
die Theke neben der Kasse und sagte, die Badeanzüge seien in allen Größen vorhanden. Was
hier ausliege, entspreche nur ihrer eigenen
Größe. Der Laden sei nun mal klein.

»Aber sehr schön dafür«, fügte ich leise hinzu,
während meine Frau einen gelben Einteiler mit
tiefem Rückenausschnitt gegen das Licht hob.
»Wie findest du den hier?«

»Man müßte ihn sehen.«

Und ganz im Vorbeigehen nahm das Mädchen
den Anzug und verschwand wieder hinter der
Stellwand. In der Gasse tönte eine Fahrradklin-
gel. In dem Spalt zwischen den Flügeln begann
der Wechsel zwischen Dunkel und Hell. Ich
achtete auf meinen Herztakt. Es war, als stiege
ich Treppen. Nie hatte ich mich so beteiligt
gefühlt. Es gab ja nur drei Dinge im Leben, für
die ich Interesse empfand. Die engelhafte Gestalt, nach der ich mich sehnte, den Tod und
meinen unglücklich ausgefallenen Körper. Von
der Engelsgestalt hatte ich nie eine exakte Vorstellung besessen, und mit einemmal war sie da.
Ebensowenig vorstellbar war mir der Tod gewesen, und nun hatte ich einen Begriff davon, was
es hieße, ausgelöscht zu werden: träte dieses
Mädchen wieder aus meinem Leben. Allein mein

Körper hatte mir von jeher ein Bild geboten, das nicht mehr klarer werden konnte – der Block, in dem ich steckte. Ich drehte mich um und ging durch den Laden. Bis meine Frau mir in den Weg trat. Sie vermied es, mir in die Augen zu sehen. Ich glaube, der Glanz in meinen Augen flößte ihr Grauen ein, diese plötzliche seelische Kraft. Sie war ja nur mit meinen Schwächen vertraut, auch mit dem Traum vom Engel. Es war abgemacht zwischen uns, daß ich davon reden durfte, so oft ich es wollte. Das erleichterte mich und kostete sie bloß ein Nicken; so war das bisher. Jetzt nickte ich, langsam und fortwährend. Meine Frau sah mich an. »Ich weiß, was du denkst.«

»Das macht es mir leichter.«

Darauf sie: »Aber du irrst dich.«

Darauf ich: »Das hättest du gern.«

Sie wieder: »Was macht dich so sicher?«

Und ich: »Die vielen kleinen Muskeln in deinem Gesicht.«

Nun sah sie mich doch an, und ich nahm eine Hand vor den Mund. Ich verbarg den weibischen Zug der Verliebten. Ein paar ermüdende Sekunden verstrichen. Wir standen unbewegt da. Ein weiterer Steinsplitter flog gegen die Scheibe. Dann rief das Mädchen, »ich bin soweit«, und kam auf uns zu. Es drehte sich, es ging auf den Zehen, es hob seine Arme. Der tiefe Rückenausschnitt reichte bis zum Steiß, man sah den Anfang eines feinen Schattens, einer Körperstelle, der ich mich hätte ganz und gar anvertrauen können.

»Wenn Sie das passend haben«, sagte meine Frau.

Das Mädchen lächelte wieder. Anstatt zu antworten, bückte es sich und schlug eine der Stoffbahnen, die den Boden bedeckten, zurück. In breite Dielen, die zum Vorschein kamen, war eine Tür eingelassen. Mein Engel klappte sie hoch, man sah eine Stiege und unten Regale; rückwärts nahm das geliebte Wesen die Stufen, ich zwang mich, meine Frau anzuschauen. Über ihren Scheitel hinweg fiel mein Blick auf die Gasse, die auf halber Höhe des Schaufensters lag.

Ich sah den Unterkörper eines Kindes. Es stand auf einem Bein, wie festgenagelt, bis es einen Hüpfer tat und danach wieder regungslos dastand. Es spielte Himmel und Hölle, und meine Augen hingen jetzt an diesem einzelnen Bein. Erst ein Knarren löste mich von dem Bild. Mit dem gelben Anzug in passender Größe im Arm kehrte das Mädchen über die hölzerne Stiege in den Laden zurück. Es breitete ihn aus und trat beiseite.

»Den solltest du probieren«, sagte ich und griff nach dem Preisschild am Träger. Das Mädchen öffnete ein Schubfach und entnahm eine Schere.

Es wollte das Schildchen entfernen. Doch meine Frau trat dazwischen. »Ist mir zu gelb«, waren ihre Worte. Und damit wandte sie sich wieder den aufgereihten Einteilern zu, und ich sah ihr an, was sie dachte.

Wozu noch ein hautenger Badeanzug? Wo doch sein Engel jetzt aufgetaucht ist. Wie er ihn ansieht ... Ich schaute entspannt. Ich bot einen Anblick, der es ihr nicht mehr möglich gemacht hätte, mich ins Unrecht zu setzen. Geh, laß mich, würde ich in Zukunft sagen, in diesem leichten Ton: Geh, laß mich ... Sie nahm einen dunklen, hochgeschlossenen Anzug vom Bügel, sie schwenkte ihn. »Könnten Sie uns den vielleicht zeigen?« Und mein Engel legte die Schere auf die Kante der Stellwand und nahm den Anzug und ging. Wieder knisterte es. Ich faltete die Hände auf dem Rücken. Meine Frau hustete leise. Der Kamm dieses Nachmittags war erreicht.

»Wolltest du dir nicht auch etwas kaufen?«

Ich lief zu dem Korb voller Shorts. Ohne zu wählen, griff ich mir eine der knielangen Hosen. Sie war kariert und hätte früher ausgereicht, um ein ganzes Zirkuszelt zum Lachen zu bringen; ich würde auch heute, in unserer lächerlichen Zeit, wie ein Narr darin aussehen. Meine Frau nahm sie mir aus den Händen. Von hinten um mich herumgreifend, hielt sie das kompromittierende Stück wie ein Lätzchen vor meinen Bund. Ich suchte nach einem grundsätzlichen Einwand gegen die Hose. Und als ich eben sagen wollte, sie sei einfach zu klein, kam meine Frau mir, wie immer, zuvor. »Todschick«, hieß ihr Urteil.

Danach fiel kein Wort mehr, bis das Mädchen in dem hochgeschlossenen Anzug erschien. Vorwärtsschreitend, zog es mit beiden, unter den Stoff geschobenen Daumen den Schritt etwas tiefer (ein Bild, das mich verfolgen sollte). Ich nahm die Shorts wieder an mich. Ich knüllte sie, um mich nicht sonst zu vergreifen. Das Mädchen schaute mich an. Mit ihm zu leben, schied ja von vornherein aus. Wo überhaupt? Wie? Ja, mit welcher Begründung? Auf Grund welcher Vorzüge meinerseits ... Ich suchte den vernünftigen Blick meiner Frau. Ich sah mich daheim – mit schwerem Geist durch unsere Wohnung gehend, an Wochenenden, die sich schleppten: Ich sah mich vor Sehnsucht vergehen.

»Den Anzug da«, sagte ich, »solltest du nehmen. Mit dunkelblau macht man nie etwas falsch.«

»Wenn du die Shorts für dich kaufst.«

Sie nickte mir zu. Es war mein Nicken, das sie vorwegnahm. Dann bat sie um den Anzug in ihrer Größe, und mein Engel stieg ins Lager. Und da dachte ich: Auflösen müßte er sich. Nur dagewesen sein sollte er, nicht aber Fortbestand haben; was war schon Trauer gegen Sehnsucht?

Das ganze Leben war traurig. Ein Geräusch schreckte mich aus diesen Erwägungen hoch. Die Tür war aufgegangen, ein Kind stand im Laden.

Es war das Kind, das Himmel und Hölle gespielt hatte, ich erkannte es an seinen Strümpfen. Es trug ein Regencape mit Kapuze und wirkte steif. Aus einem runden Gesicht sahen mir schmale Augen entgegen. Über der kleinen Nase war ein deutliches Fältchen, durch die Schläfenmulden zogen sich Adern.

»Wie spät isses denn bitte?«

Ich hob meine Hand. Obgleich ich Zeit so zuverlässig im Gefühl habe wie leichtes Fieber, warf ich einen Blick auf die Uhr.

»Halb fünf ist es, halb fünf.«

»Genau halb fünf?«

Ich sah erneut auf die Uhr und hörte ihr Ticken. Es mußte ungewöhnlich still sein, schloß ich daraus.

»Eine Minute vor halb fünf ist es. Warum willst du es denn so genau wissen?«

Das Kind wandte sich wieder zum Gehen.

»Möchtest du dich denn gar nicht bedanken für diese Auskunft?« rief meine Frau hinterher.

»Danke.«

Das Kind zog gelassen die Tür auf und ich setzte ihm nach. Ich erreichte es auf den Stufen zur Gasse, um Haaresbreite hätte ich es festgehalten; ein feiner Regen fiel.

33

»Warum wolltest du die Uhrzeit so genau wissen?«

Das Kind drängte sich an mir vorbei, die Kapuze glitt nach hinten.

»Was bist du, ein Junge?«

Es sah mich an, und ich schaute zu Boden, auf seine kleinen schwarzen Schuhe. »Ich warte dort vorn«, sagte es, als sei ich sein Vater, und ließ mich dann einfach so stehen. Ich konnte nichts tun. Ich hielt noch immer die Shorts und konnte nicht einmal rufen: Moment... Rückwärts nahm ich Stufe um Stufe nach unten. Daß ich etwas ausgeschlagen hatte, schoß mir durch den Kopf. Ein Angebot zur Rettung.

»Wolltest du fort?«

»Ich, fort, warum?«

Meine Frau trat hinter die Kasse; ich sah, wie der Kopf des Mädchens erschien. Es kehrte aus dem Lager zurück, den hochgeschlossenen Anzug im Arm. Wortlos nahm es die Schere von der Kante der Stellwand und schickte sich an, das Preisschild abzuschneiden. Da kam die Hand meiner Frau. Sie stoppte das Mädchen. »Er möchte erst diese Hose probieren.«

Ich sah ihr bebendes Kinn, und wieder hatte sie mein Mitleid, und ich trat mit der Narrenhose hinter die Stellwand. Dort hingen Söckchen und Wäsche über dem Rahmen eines Spiegels; ich roch an beidem, wie an Blumen. Die Wäsche duftete nach mildem Herbst, nach Fallobst in der Sonne. Ich schnaufte jetzt, ich berauschte mich an dem Duft. Und sicher hörte mich meine Frau, wie nachts, wenn ich neben ihr wachlag; mehr, dachte sie wohl, bliebe nicht übrig – an ihrer Seite dieses Schnaufen. Aber vernünftig wie sie war, dachte sie den Gedanken nicht zu Ende, sondern vertrieb ihn mit Erinnerungen. Und die gab es schon. Mit was für einem Willen hatte sie mich früher an sich gepreßt, die Füße über mir gekreuzt, meinen nassen Kopf in den Armen – dieses Köpfchen, zu dem sie von nun an keinen Zugang mehr hätte!

Ich stand jetzt auf einem Bein, Gleichgewicht suchend, um dann mit einem Ruck aus der herabgelassenen Hose zu steigen. Gewiß, ich war ein Monstrum, auch was mein Inneres betraf: Da gab es drei, vier grobe Wünsche neben drei, vier groben Ängsten. Aber auch ein Monstrum gewinnt andere lieb, was ebenso für meine Frau galt. Etwas nach vorne taumelnd, kam ich schließlich aus der Hose. Ich stand im Hemd da und verpustete.

»Und? Passen sie?« hörte ich ihre Stimme.

»Ich weiß es noch nicht! Hast du was gefunden?«

»Nein, es ist zum Verrücktwerden!«

»Dann solltest du weitersuchen!«

»Wenn du die Hose probierst!«

»Das kannst du haben!«

Wir hatten schon lange nicht mehr so lebhaft miteinander gesprochen. Ich bückte mich und stieg in die Shorts. Ich zerrte sie nach oben. An den Schenkeln wurde es knapp, ich wandte Gewalt an. Es gab ein leises, häßliches Geräusch – der Stoff war geplatzt. Nun kam es auf nichts mehr an, dachte ich, nun könnte man ebenfalls platzen. Ich sah in den Spiegel. Der Riß war lang und breit, die Shorts waren hinüber. Aus reinem Trotz behielt ich sie an. Nach und nach hob ich den Blick und begegnete meinem Gesicht – da ertönte ihr Schrei: Sie hatte sich also schon wieder in etwas verliebt. Ich drehte mich um und schaute durch den Spalt zwischen den Flügeln der Stellwand. Wie ein Stück Beute hielt meine Frau einen Gürtel in der Hand und blickte dabei auf das Mädchen. Und wieder ahnte ich ihre Gedanken. Was ist denn schon dran an dem Wesen? Ein wenig Fett und die Knochen, Haare, Lippen, Augen, Näschen, Wangen und ein Kinn; das meiste ist ohnehin Wasser. Und trotzdem hat es Gestalt. Man kann es aufsuchen und es betrachten, und wenn es nur im Urlaub geschähe, einmal im Jahr. Den Herbst und Winter über könnte man sich erinnern daran und ab März darauf freuen ...

»Was kostet der?« rief sie.

Mein Engel nahm ihr den Gürtel sanft aus der Hand und ging damit zur Kasse. »Keinen Badeanzug?«

»Nein.«

Meine Frau sagte das ohne Bitterkeit und ging dann ebenfalls zur Kasse, wobei sie einen Umweg machte.

»Und wie stehen dir die Shorts?«

»Sie passen zu mir.«

Ich war nun ganz dicht an dem Spalt. Das Mädchen griff sich ins Haar. Ich sah ihre schattige Achsel und in dem Dreieck, das zwischen Armbeuge und Kopf entstand, meine Frau: Wie ihre Augen die Schere erfaßten. Kauft sie also doch etwas, dachte ich und wollte den Mann sehen, der für ihre Wünsche bezahlte. Ich sah mich und sah meinen Engel im Spiegel: Er war halb hinter die Stellwand getreten, als wollte er rasch aus dem hochgeschlossenen Anzug heraus, ein Träger hing schon über der Schulter.

Komm, wollte ich sagen, komm nur zu mir. Ich warte ... Doch jedes Wort lag wie an Ketten. Wange und Lippen des Mädchens erschienen im Spiegel, auch etwas von der Umgebung des Auges, und all das übte stärksten Zwang auf mich aus. Ich liebte es blind in diesem Moment, und mir war, als sähe ich einen Abglanz meiner Gefühle auf seinem Gesicht. Es lächelte mir zu. Als nächstes sah ich, wie der Spiegel beschlug. Ich rieb ihn ab und glaubte, Hals und Haar meiner Frau zu erkennen, auch ihren Arm und eine Hand. Ich wollte ihren Namen rufen, aber es ging nicht; sekundenlang war mir der Name entfallen. In diesem Zeitraum kam sie näher und sah, ganz anders als ich, die Dinge wahrscheinlich mit jedem Schritt schärfer. Was für mich jetzt hinter Schleiern lag – mein Engel mit dem losen Träger –, war ihr so deutlich vor Augen, daß es am Ende dastand wie ein Zeichen. Ich glaube auch, sie suchte meinen Blick – aber da war bloß ein Starren. Ich wollte mich herumwerfen, doch meine Knie gaben nach; das Mädchen schien mir entgegenzustürzen. Und halb im Fallen nahm ich die Faust meiner Frau wahr: wie sie zustieß mit der Schere.

Ich taumelte weiter, ich fing mich an ihr, sie bot mir hilfreich den Arm. Und ich sah mich dastehen, als Umarmter, und dachte: Das war mein Leben. Ich hielt den Atem an und schaute. Es gab nichts mehr zu tun, so mein Eindruck. Was jetzt noch käme, wäre nur die Zeit danach. Ich hoffte auf ein Wort von ihr, doch sie sagte kein Wort, und ich bekam Angst; jetzt erst Angst (wie ich es später hervorhob). Angst und dieser Griff um mich, diese fünf gefeilten Nägel in meiner Seite. Ihre andere Hand hing herunter, mit weißen, offenen Fingern; die Schere saß tief im Rücken des Mädchens.

Es schwankte, fast wie zu leiser Musik. Es schrie nicht, und da war auch kein Blut; ein kehliger Ton, das war alles. Endlich sackte es ein und kippte vornüber, mit hohlem Kreuz, und ich sah, wie es die Stiege hinabfiel, bis in das Lager, ohne Gepolter. Gleichzeitig spürte ich einen Stich in den Augen, als hätte ich mir ein dickes Haar aus der Nase gerissen, und meine Frau murmelte etwas. Es klang wie mein Name, mir wurde schlecht; glücklicherweise ließ sie mich los. Sie bückte sich und schloß die Öffnung im Boden. Mit der Schuhspitze schob sie die zurückgeschlagene Stoffbahn wieder darüber, sie glättete die Falten. Was konnte ich tun?

Ich holte meine Hose, ich zog erste Schlüsse. Nicht spazierengegangen zu sein, war der Fehler gewesen. Von nun an kein Tag mehr ohne Spaziergang! Das sagte ich mir und stieg in die Hose und blieb auf einem Bein stehen. Ich konnte die Balance halten, ein Gefühl von Dank ließ mich seufzen. Irgendwie hatte ich überlebt. Zwar wäre nichts mehr wie vorher, doch spürte ich schon die neue Schwebe in mir. Mit ein wenig Beeilung könnte man noch den Cappuccino zur gewohnten Zeit nehmen. Ich schaute, daß ich fertig wurde; Knöpfe schließend trat ich meiner Frau entgegen, und sie machte, »hm?«, so wie ich sonst vor gemeinsamem Aufbruch.

Wir verließen den Laden.

Es hatte aufgehört zu nieseln, aber man konnte das Pflaster noch riechen. Auf den ersten Blick war die Gasse ganz leer. Dann sah ich das Kind. Es stand in einem alten Haustor, bei einem umgefallenen Fahrrad, ein Stück zerschlagenes Glas vom Katzenauge zwischen den Fingern. Ohne uns abzustimmen, blieben wir vor dem Kind stehen. Es sah mich an.

»Ist es schon fünf?«

Ich warf einen Blick auf die Uhr.

»In einer halben Minute; hast du das Rad umgeschmissen?«

Über der kleinen Nase des Kindes erschien wieder die Falte. Es schwieg, und mir graute vor ihm.

»Wo sind deine Eltern?«

Ich fühlte die Hand meiner Frau.

»Ist es nun fünf?« Das Kind blickte unverwandt zu mir auf, und ich schaute erneut nach der Zeit. »Jetzt ist es fünf vorbei ...« Da sah es mich durch das rote Glasstückchen an, und ich spürte den Wunsch, ihm die Scherbe in das geöffnete Auge zu stoßen. Ich bebte vor Erregung und kannte mich kaum, meine Frau schob mich weiter, durch belebtere Gassen.

Obschon noch einige Menschen zu sehen waren, hatte ich das Gefühl, durch eine verlassene Ortschaft zu laufen. Vor zwei Frisörgeschäften standen die Frisöre, jeder sah in eine andere Richtung. Ein Mann trug ein Fernsehgerät über die Straße, eine Dame schloß ihren Mantel. Alle wahren sie den Schein, dachte ich und glich mich dem Schritt meiner Frau an. Wir gingen zurück zum Hotel, wieder am Ufer entlang, wieder an müßigen Brettseglern und glücklosen Anglern vorbei. Auf dem Kiesweg, der unter Weiden verlief, wurde beim Ausschreiten Steinstaub verwirbelt; ich sah mal auf den Boden, mal in die Luft. Es gab diese Wölkchen über dem Kies, und es gab Schleier aus schwärmenden Mücken. Und je mehr ich solche Feinheiten wahrnahm, desto lebhafter stellte ich mir etwas Gewaltiges vor, einen schwarzen Orkan, mit dem jede Kompliziertheit des Lebens verschwände, wenn nicht das Leben überhaupt. Der Weg wurde breiter, man sah das Hotel. Erst eine Urlaubswoche war vorüber, drei standen noch bevor; und mir fiel ein, daß ich die Shorts noch unter meiner Hose trug. Eine Asphaltdecke löste den Kies ab. Dadurch gingen wir leiser und hörten das Klatschen springender Fische. Warum krachte kein Schuß? Aber genausogut hätte ich fragen können: Wer bin ich.

Meine Frau sagte etwas zu mir. Ihre Worte waren: »Möchtest du erst noch aufs Zimmer?«
Und ich verneinte.

Denn es war höchste Zeit. Am Rande der Liegewiese, wo einige Tische standen, nahmen wir mit etwas Verspätung unseren Siebzehnuhr-Cappuccino. Ich sah auf mein Boot. Ich beschloß, endlich Flickzeug zu kaufen, während ich vorsichtig abtrank; meine Frau verschüttete indessen die Haube aus Schaum. Auf ihrem Rock wuchs ein Fleck. »Was ist mit deiner Hand?« fragte ich und sprach so zum ersten Mal vor ihr.

»Nichts. Es ist alles in Ordnung.«

»Aber ich habe doch Augen.«

»Dann schau mich bitte nicht damit an«, sagte sie und sah hinaus auf den See. Ich wandte mich ab, ich ahnte jeden ihrer Gedanken. Ihr ging dieser Fleck durch den Kopf – fast schon ein Grund, um einen neuen Rock zu kaufen. Und dabei dachte sie an morgen. Morgen würde sie nach Malcesine fahren, dort gibt es viele Läden. Und in einem dieser Läden fände sie einen Badeanzug, und zwar genau den, der ihr stünde. Er müßte ihren Rücken zeigen, nicht aber die Rippen, er müßte den Oberkörper scheinbar ein wenig verlängern und die Schenkel in ihrer Wirkung um eine Spur kürzen; ferner die fehlende Brust überspielen und ihr Gesäß aus der Welt schaffen, so gut es ging. Dabei sollte er nicht zu fade aussehen, aber auch nicht zu frech. Beige müßte er sein, mit einem hellblauen Tupfer vielleicht. Und in diesem Modell flanierte sie dann hier auf und ab, mit beiden Daumen zöge sie im Gehen den

Schritt etwas tiefer ... Vor meinen Augen verschwammen die Dinge, kann sein, daß ich weinte; sie sagte noch einmal: »Schau mich nicht an.«

»Wird nie wieder vorkommen«, war meine Antwort.

Und ich kehrte ihr den Rücken, sah über den See, auf dieses glasglatte, ewige Grau. Ja, es schien wirklich keine Grenze zu geben zwischen Wasser und Luft; was fiel einem nicht alles ein!

Toter Mann

Unsere Städte sind nur gegen Kälte gewappnet, knallt die Sonne, ist man schutzlos. Eine Hitzeglocke lag über Frankfurt. Die Menschen sahen aufgequollen und gerötet aus. Manche fielen einfach um, trotz guter Ernährung. Andere blieben zu Hause, hinter zugezogenen Gardinen. In jedem pochte ein Begehren, kaum einer fand Kraft für die Liebe. Schlaflosigkeit herrschte; tagsüber war es ungewöhnlich still in den Straßen. Und in allen Büros ging ein Wort um: Kiesgrube.

Ich mochte diesen Ort nie besonders. Um es offen zu sagen: Ich hatte Angst vor all den Nackten, die dort lagen. Der Anblick großer Mengen unbekleideter Menschen läßt mich an Kriegswirren und Gewaltverhältnisse denken, weniger an Freiheit. Neben diesem eher geistigen Motiv gibt es auch ein eher dumpfes: Nackte Frauen können mein Innenleben so heftig erregen, daß ich mir wie mit nach außen gestülpter Seele vorkomme, wenn ich mich zwischen ihnen bewege, noch dazu selbst nackt. Aber wir hatten nun mal diese tropische Hitze. Schon beim Aufstehen fühlte man sich erschöpft, die Zubereitung des Frühstücks war von Schweißausbrüchen begleitet; jenes berühmte: »Wasser«, wie es in allen Filmen mit Wüstenszene gestöhnt wird, wollte mir nicht mehr aus dem Kopf. Und an einem Sonntag, als das Thermometer auf achtunddreißig Grad kletterte, wurde ich weich.

Die Kiesgrube lag Richtung Darmstadt; schon die Verbindung dieser beiden Worte war bedrückkend. Man bog irgendwann von der flimmernden Hauptstraße ab – noch sah man nichts, nur Autos, die am Wegrand standen, mit Zeitungen und Lumpen bedeckt, auch kein friedliches Bild. In einem Waldstück tauchten plötzlich Polizeisperren auf, ich hörte Hubschrauberlärm, Sanitäter liefen umher. Ein böser Unfall? Eine Fahndung? Nein, die Kiesgrubenzufahrt. Ich wurde zurückgewiesen, bis an das Ende der parkenden Schlange. Dort stellte ich mein Auto ab, dann schlug ich mich durch den Wald. Der Weg war nicht zu verfehlen, denn Hunderte schlugen sich durch diesen Wald, Richtung Nordwesten. Viele trugen Gummiboote über den Köpfen, viele bluteten an Waden und Knien. Das Unterholz war scharf, auch ich holte mir Risse. Die Leute gingen vereinzelt oder in Gruppen; manche waren bereits nackt. Da sie Sandalen und in einigen Fällen sogar Strümpfe anhatten, wirkte ihre Nacktheit um so herausfordernder. Aber es gab kein Zurück mehr: ich lief jetzt in einer Art Prozession. Wann war ich so zuletzt durch einen Wald gestapft? Ich glaube, als gemeiner Soldat. Endlich kam eine Straße. Auch dort parkten

Autos, man konnte neidisch werden auf die guten Plätze. Jenseits der Straße zog sich ein hoher Zaun bis zum Horizont hin, innen verkleidet, oben mit Stacheldrahtrollen versehen, wie man es von militärischen Anlagen kennt. Unsere Gruppe, die den Wald passiert hatte, reihte sich in einen schier endlosen Menschenzug ein. Niemand sprach, viele keuchten vor Hitze, jeder hatte zu tragen. Ich sah Kühltaschen, Luftmatratzen, Klappstühle und Decken, ja sogar Grillvorrichtungen und ausziehbare Bänke. Der Menschenzug geriet ins Stocken, der Eingang konnte nicht mehr weit sein; es roch nach Teer. Alle schienen Geduld zu haben, nur ich nicht. Die Leute hielten jetzt Münzen bereit. Man sah schon die Kasse. Und als ich zwischen Köpfen einen Streifen glitzernden Wassers erblickte, stieg ein Gefühl von Hoffnung in mir auf, so unglaublich es klingt. Es dauerte dann immer noch zwanzig Minuten. Aber ich würde es schaffen, das wußte ich jetzt – ich würde diesen Hundstag hinter mich bringen. Gegen elf Uhr gelangte ich durch den Zaun. Und da lag sie, die Kiesgrube.

Ich hatte sie viel kleiner in Erinnerung gehabt. Es war ein beachtlicher Krater, ein gewaltiges Erdloch, zu zwei Dritteln mit gelblichem Wasser gefüllt. Die Fläche war ganz unbewegt, mit blendenden Reflexen, sie glich einer von Messern zerkratzten Platte. Ich betrat das Gelände und versuchte die Dinge mit anderen Augen zu sehen. Trieben nicht auch bunte Schwimmreifen in der Grube, plantschten nicht auch Menschen darin? Natürlich gab es das; die ganze ufernahe Zone war ein Gewoge von Leibern. Und erst das Ufer selbst! Ringsherum war das zum Wasser führende, mal sanft, mal steiler abfallende Erdreich von Menschen übersät. Die meisten lagen auf dem Bauch, so daß man, ohne Übertreibung, von Tausenden von Ärschen reden konnte. Ich war unfähig, mich irgendwo zwischen glänzenden Hinterbacken niederzulassen, es bot sich an, ins Wasser zu gehen. Aber ich hatte Angst vor den Tücken der Grube, immer wieder ertranken hier Leute. Und so setzte ich mich in den Uferschlamm und ließ mir die Füße umspülen.

Um keinen Anstoß zu erregen, hatte ich alles ausgezogen. Meine Kleidung war in einer Plastiktüte, der Packen lag in meinem Schoß. Dadurch gelang es mir, obwohl ich nackt war, die Erregung zu verbergen. Sie war einfach da; ich konnte nichts für meinen Zustand, und es war mir ein Rätsel, weshalb er sich bei anderen Männern nicht ebenso einstellte. Es mochte an der Hitze liegen. Aber wahrscheinlich hatten diese Männer Kontakte zu Frauen. Sie hatten regelmäßig Begegnung mit ihnen, das mußte es sein. Für mich war schon das Wörtchen Frau gleichbedeutend mit Ferne. Frauen waren ferne Wesen, und wenn ich sie nackt sah, wurde die Entfernung nur größer. Was blieb mir da übrig? Ich studierte das Verhalten der anderen, um die geistige Seite in mir zu beleben.

Auch innerhalb der Umzäunung waren nicht alle ganz nackt. Viele Männer trugen zum Beispiel weiße Turnschuhe und Söckchen oder hatten sonst irgend etwas Weißes am Leib, ein Stirnband, ein Handtuch, das über die Schultern fiel, eine elastische Binde um ein Gelenk – als benötigten sie ein Zeichen der Unschuld. Und noch etwas fiel mir auf: Die Gewohnheiten aus dem Bekleidetenleben blieben erhalten. Männer rückten im Gehen wie mit fliegenden Fingern ihr Geschlechtsteil zurecht, Frauen hatten einen Gang, als zeigten sie sich in neuer Garderobe. Pärchen liefen Hand in Hand, Einzelgänger bewegten sich mit sonderbar verlangsamten Schritten – wie wenig der Mensch geschaffen ist für die Pirsch, war unübersehbar. Und jeder starrte auf den anderen, doch so, als starrte er woandershin, unzählige von halben Blicken also. Richtig und schamlos betrachtet wurden nur die durchgehend Braunen. Sie waren ja auch schon nicht mehr nackt vor lauter Bräune: beneidenswerte Menschen; ich werde nur rot, und schon springt mir die Haut. Der Sommer ist eben nicht meine Zeit.

»Sie sollten sich einschmieren.«

Als hätte mich jemand von hinten geohrfeigt, so fuhr ich herum. Da stand eine junge Kollegin, groß und weißhäutig, ohne sich zu genieren, und der ganze Schrecken, den mir das Menschliche einjagen kann, packte mich. Die Höflichkeit gebot es, aufzustehen. Da wir nicht auf gleicher Höhe standen, überragte sie mich um einen Kopf. Dazu kam, daß der Uferschlamm unter meinen Füßen noch nachgab: Ich schien immer kleiner zu werden. Die Sekunden verrannen. Sie lächelte; ich zeigte zum Himmel.

»Was für eine Sonne heut«, sagte ich.

»Warum kühlen Sie sich nicht ab?«

Sie gab mir die Hand, wir holten die Begrüßung nach, mir war ihr Name entfallen. Dafür wußte sie meinen; ich versuchte ihr in die Augen zu schauen, um nicht auf ihre Brüste zu starren. Sie rutschte ein wenig den Hang herab, wir standen jetzt dicht voreinander, kein Dritter kam hinzu. Die Kollegin schien alleine zu sein. Das wunderte mich. Sie saß die Woche über am Empfang und galt in der ganzen Firma als hübsch. Wir hatten beruflich kaum ein Wort miteinander gewechselt, aber bei jeder Gelegenheit, die sich zum Träumen bot, stellte ich mir viel Süßes zwischen ihr und mir vor. Ein Hubschrauber kam im Tiefflug über den Industrieteil der Grube.

»Also dann«, hörte ich sie durch den Lärm.

»Was heißt: Also dann?«

»Also dann gehen wir ins Wasser!«

Sie schritt an mir vorbei, ich drehte mich um. Allein der Anblick ihrer Kniekehlen setzte mir zu. Schon war sie bis zu den Hüften untergetaucht, ich folgte ihr nach. Das trübe Wasser, dachte ich, würde meine Erregung verbergen, eventuell auch abklingen lassen. Und ich warf die Tüte ans Ufer und stürzte mich kopfüber ins Nasse. Sie schwamm bereits – ich sah ihr Haar. Schon nach ein, zwei Metern spürte ich keinen Grund mehr. Ich kraulte nun so gut ich konnte. Aber sie war einfach schneller als ich. Ihre Schultern glitzerten in der Sonne. Da fiel mir ihr Name ein, und ich rief ihn, doch sie hörte mich nicht in dem Lärm: Der Hubschrauber schwebte inzwischen über der Grube, seine Windkraft wirbelte das Wasser auf, ich rechnete mit dem Schlimmsten. Doch dann drehte er ab, es schien niemand ertrunken zu sein. Meine Füße gerieten in eine eisige Strömung. Ich schrie und kraulte wie wild. Der Abstand zu meiner Kollegin war etwas kleiner geworden. Sie war jetzt der einzige Schwimmer vor mir, fast alle badeten in Ufernähe; bald hatten wir die Mitte der Grube erreicht. Allmählich wurde es stiller.

Sie wandte den Kopf und winkte mir zu, ich holte immer mehr auf. Ich pflügte das Wasser mit meinen Armen, eine Körperlänge trennte uns noch. Ich sah ihren Rücken und den schimmernden Po, ihre Beine verschwanden im bräunlichen Dunkel. Sie schwamm nun mit großen, langsamen Zügen auf einen Bagger zu, der aus der Grube ragte; die Farbe des Wassers veränderte sich. Es wurde erst silbrig, dann grau. Alles, was noch an Lauten vom Ufer herklang, flaute ab, auch das Kreischen spielender Kinder. Und mit einemmal war es vollkommen still – vollkommen still und heiß. Ich sah umher. Wir schwammen tief im Industrieteil, wir waren die einzigen Menschen. Ein Spritzer traf mich ins Gesicht, so dicht war ich herangekommen. Ich holte Luft und tauchte, ich riß die Augen auf. Sie schwamm genau vor mir. Zog sie die Schenkel an, öffnete sich einen Moment lang ihre sonst verborgenste Stelle. Ich glaubte zu ersticken, doch ich wollte dieses Auseinanderklappen in einem Kranz von blonden Haaren noch einmal und noch einmal sehen ...

Atemlos tauchte ich auf, lauthals rang ich nach Luft.

»Wasser geschluckt?« fragte sie nur und schwamm weiter. Schon war der Abstand wieder größer, geräuschlos zog sie davon. Ich hatte keine Kraft mehr, vor meinen Augen tanzten schwarze Streifen. Und plötzlich stieß ich mit beiden Füßen an etwas Nachgiebiges – ein versenktes Kabel, ein loses Teilstück des Baggers, eine treibende Leiche –, alles war denkbar in diesem Moment. Ich riß den Mund auf vor Entsetzen, ich wurde ganz starr. Das Wasser um mich herum glich einer schmutzigen Scheibe. Von meiner Kollegin war nichts mehr zu sehen, da war auch kein leises Klatschen zu hören. Seltsam geformt, an ein gesprengtes Schiffswrack erinnernd, erhob sich der Bagger. Wie bei einem Eisberg schien der gewaltigere Teil unter Wasser zu sein, und ich breitete die Arme aus und streckte die Beine. Ich suchte eine Rückenlage. Dann schloß ich die Augen. Mein Atem ging jetzt wieder ruhig. Fast alle Männer schwammen besser als ich, und jeder hatte mehr Glück bei den Frauen. Doch kaum einer konnte, was mich an diesem heißen Tag vor dem Ende bewahrt hat: den Toten Mann.

Vierzig werden

An meinem vierzigsten Geburtstag regnete es.
Ich würde das unerwähnt lassen, wenn nicht
auch die wenigen Eingeladenen, als hätten sie
sich abgesprochen, ferngeblieben wären. In einer
gemieteten Wohnung am Ostufer des Gardasees
hoffte ich bis zum Nachmittag auf das Erscheinen der Gäste. Ab zwei Uhr begann ich damit,
mir alle Hoffnung aus dem Kopf zu schlagen; es
war ein Sonntag, das kam dazu. Kurz nach drei
verließ ich die Wohnung. Ich ging in das benach-
barte Hotel, setzte mich in die Cafeteria und
verfolgte am Bildschirm das Endspiel der offenen
englischen Meisterschaften von Wimbledon. Ein
dummer Zufall hatte es gewollt, daß dieses Finale, unter Beteiligung eines Deutschen, dessen
Vater ich sein könnte, ausgerechnet auf meinen
vierzigsten Geburtstag fiel. Es war ein Elend:
Der deutsche Blondschopf war jung und wurde
bejubelt, und ich wurde alt und war einsam.
Meine Einsamkeit legte sich auch nicht mit den
vielen Landsleuten um mich herum. Im Gegenteil. Sie kannten ja nur ihren Siegfried mit Rak-
ket, mich kannte niemand. Wenn sie klatschten,
klatschte ich auch – ein Reflex. Ich hielt sogar
Daumen. Die meisten Ballwechsel waren kurz.
Man blies sich in die Handschalen und zack,

Return und Punkt; die Herzogin von Kent lächelte müde. Sie erinnerte mich an Mamachen. Der Blonde kämpfte und kämpfte. Er erschien mir wie das verkörperte vierte Gebot – ein selbstbewußter Sohn, an dem sich die Götter die Zähne ausbeißen. Ich ertrug es nicht länger, ihm zuzuschauen, und blickte in der Cafeteria umher.

Fast alle Männer waren in meinem Alter; nicht in den besten Jahren, sondern in den lächerlichsten. Sie plapperten die Ausdrücke ihrer Sprößlinge nach und trugen noch blütenweißere Sportkleidung als ihre Frauen. Was heißt Frauen – durchtrainierte, sonnenverbrannte, magersüchtige Wesen, nur mit einem Gedanken beschäftigt: Wie aufregend das Leben sein könnte, wenn *sie* Mutter eines Asse schlagenden Wunderkinds wären. Und da gehörte ich nun irgendwie dazu, mit meinen geschlagenen vierzig Jahren! Es war so hoffnungslos, daß ich schon drauf und dran war, mich wieder für den Endkampf zu begeistern; da traf mich ein Blick. Es war der Blick einer Frau, der einzigen nicht sportlich gekleideten Person außer mir. Wie eine Komplizin sah sie mich an, und im selben Moment fühlte ich, daß dieser Tag noch nicht verloren war.

Aus ihren Augen sprach eine bestimmte Passion. Was für die anderen der Bildschirm war, war für sie mein Gesicht. Sie schien etwas darin erkannt zu haben, aber nur der Gestalt nach. Ich bedeutete ihr nichts – ich erfüllte Bedingungen. Ein einfacher Vorgang, den die moderne Waffentechnik kopiert hat: Intelligente Geschosse suchen sich ihr Ziel, indem sie die Landschaftsoberfläche mit einem eingegebenen Programm vergleichen. Sind genug Bedingungen erfüllt, dann funkt es, wie beim Begehren – unsere Waffentechniker haben sich auf ihre menschlichste Seite gestützt. Aber zurück zu mir. Es hatte gefunkt, ich war ein klar erkanntes Ziel. Was nun? Sicher könnte man einwenden, es sei doch erfreulicher, das Endspiel von Wimbledon zu verfolgen (unter Beteiligung eines Deutschen), als seinen vierzigsten Geburtstag in der Rolle eines Objekts zu beschließen – akzeptiert, nur ich sehe es anders. Denn ich bemerkte sofort die Art der Passion. Es war dieser jähe Wunsch, sich irgendwo rasch zu vereinen. Es noch vor Ablauf des Finales zu tun, gleichsam im toten Winkel des blonden Idols. Und ich erwiderte den Blick; wir waren Gleichgestimmte. Bei fünf zu vier verließ ich meinen Platz und trat in den Regen hinaus.

Ich trat in eine tiefgraue, nasse Welt. Der See war unruhig, von einer Farbe, die es nicht lohnt zu beschreiben. Verwegene Windgleiter vollführten ihren Tanz mit Segel und Brett. Das schroff emporsteigende andere Ufer, ein Felsmassiv von siebenhundert Metern Höhe mit einem Kloster auf dem Grad, war in den Wolkenschwaden fast verschwunden. Das schlechte Wetter kam von Norden. Es würde tagelang so bleiben, mit kalten Füßen auch in der Wohnung, trotz doppelter Socken. Neben mir seufzte jemand leise. »Man könnte fast wahnsinnig werden ...«

Ich drehte meinen Kopf ein wenig – und da stand sie und fror.

»Ja, das könnte man wirklich.«

»Oder man stemmt sich dagegen.«

Regentropfen liefen ihr über die Wangen. Im Hintergrund wurde gestöhnt. Es war dieses fassungslose Stöhnen nach einem Passierschlag, der genau an der Linie entlang ging.

»Womit?« fragte ich.

»Man könnte seine Träume ausleben.«

Wir machten ein paar Schritte im knirschenden Kies. Ob das nicht Illusion sei, gab ich zu bedenken; es war ein rein rhetorischer Einwand, und sie lächelte nur. Ich spürte kurz ihren Arm. Wir verließen das Hotelgelände. »Manchmal gerät man beim Träumen in schärfsten Gegensatz zu sich selbst«, sagte ich und schaute sie an. Sie trug einen Trench und lief barfuß. »Gott sei Dank«, war ihre Antwort. Dann legte sie sich eine Hand auf den Mund, als wollte sie mir ihren Ehering zeigen. Ich schätzte sie auf Anfang dreißig. Sie hatte ein ausgeprägtes Gesicht, ohne daß es eine

Härte darin gab. Es flößte mir Vertrauen ein, so wie einem das Gesicht mancher Ärzte Vertrauen einflößt. Wir blieben stehen.

»Dort oben wohne ich zur Zeit.«

»Allein?«

»Ja.«

Ich sagte das mit größter Leichtigkeit. Dann bat ich sie, mich zu besuchen.

»Aber nur auf einen Sprung«, war ihre Antwort.

Die gemietete Wohnung bestand aus einem einzigen Raum mit Kochnische und Schlafecke; in der Mitte des Raumes gab es einen runden Tisch. Auf diesem Tisch lagen die eingegangenen Glückwünsche, zwei Telegramme und ein Brief. Ich zog die Vorhänge zu, das war auch ein Reflex. Die alles entscheidende Minute dieser kurzen Begegnung hatte begonnen. Wir standen uns jetzt aufrecht gegenüber und achteten auf jede noch so kleine Regung des anderen. Ein unbedachtes Wort, ein Anflug von Zaudern, ein vorschneller Griff, ein schiefes Lächeln, und wir müßten uns voreinander davonstehlen, als sei nichts gewesen. Bleiben Sie, wie Sie sind, wollte ich flüstern, streifen Sie nur den Trench hoch, doch da hatten ihre Augen schon eines der Telegramme erfaßt. Sie strich sich das feuchte Haar aus der Stirn und wiegte den Kopf.

»Gratuliere zum heutigen Vierzigsten, dein Mamachen.« Ohne jede Ironie in der Stimme las sie es vor und gab mir die Hand. »Alles Gute für Sie.« Ich behielt ihre Hand in der meinen. Wenigstens diese unverfängliche erste Verknüpfung unserer Körper sollte Mamachen, die mich heute vor vierzig Jahren auf die Welt gebracht hatte, herbeigeführt haben. Ein warmer Atem traf meinen Hals. »Also schön,«, gab ich im Tonfall eines Überführten zu, »ich habe Geburtstag, es tut mir leid; ein Anlaß, an dem ich von jeher mehr unter dem Einfluß des Sentimentalen als der Vernunft stand.«

»Das verstehe ich gut. Und es muß Ihnen nicht leidtun.«

»Doch. Denn im Augenblick stört es; möchten Sie vielleicht ein Glas Sekt mit mir trinken?« Der Kühlschrank war reichlich gefüllt. Ich hatte alle Vorkehrungen für eine Feier getroffen.

»Sind Sie denn wirklich alleine an diesem Tag?«

»Jawohl«, erwiderte ich, und in meiner Stimme schwang Stolz.

»Dann müssen Sie doch sehr unglücklich sein, oder?«

Ich küßte ihr die Hand, ich schüttelte sachte den Kopf. Und schon waren die Weichen anders gestellt, ich merkte das an ihrem Atem. Er wurde ruhiger. Was eben noch zu hastiger Vereinigung gedrängt hatte, drohte nun in einer nichts als anspielungsreichen Szene zu enden. »Warum unglücklich?« fragte ich zu allem Überfluß zurück; denn es gibt nichts Verkehrteres als ein Gespräch zu beginnen, wenn man einen Geschlechtsverkehr anstrebt. Sie wußte das offenbar auch: Der Druck ihrer Hand wurde stärker. Ich senkte den Blick. Ihre nackten Füße hatten etwas Solides, trotz der lackierten Zehen. »Und wenn jetzt doch Gäste kommen«, hörte ich sie nachdenklich sagen. Ich lächelte vor mich hin. Mit dieser Bemerkung war wieder alles offen. Das Wenn räumte die Möglichkeit einer Umarmung ein, das Jetzt erinnerte daran, diese Möglichkeit sofort und rückhaltlos zu nutzen. »Bitte glauben Sie mir, es gibt keine Gäste«, versicherte ich. »Alles hängt von Ihnen ab. Das heißt, nicht ganz – es hängt auch an dem jungen Mann im Endspiel; das Finale von Wimbledon geht bekanntlich über drei Gewinnsätze ...«

»Und niemand wird mich während des Kampfes vermissen«, führte sie meine Überlegung zu Ende. Wir hatten uns also verstanden. Das Thema Zeit war berührt, ein wesentlicher Umstand unserer Passion damit erfüllt: die von außen diktierte, unkalkulierbare Spanne. Ich hielt noch immer ihre Hand.

»Und der Geburtstag«, fragte sie besorgt. »Sie werden heut vierzig, geht das nicht vor?«

»Was hat dieses Datum mit unserem Verlangen zu tun?«

»Sie wissen genau, wie traurig man anschließend sein kann. Möchten Sie das an diesem besonderen Tag?«

»Heute ist kein besonderer Tag!«

»Sie können das nicht verleugnen.«

Da hatte sie recht. Mit der Deutlichkeit eines Fiebers fühlte ich dieses ungewollte Jubiläum und wog plötzlich mein bisheriges Leben. Freimütiger Umgang mit meiner Unfähigkeit zur Bindung an Menschen hatte mir eine gewisse lokale Bekanntheit gebracht. Ich galt als kaputt. Mit der freien Hand begann ich mein Hemd aufzuknöpfen. Es mußte ja vorwärtsgehen. Und während ich mich auszog, befand ich dieses bisherige Leben, auch unter Hinzuzählung meiner Publikationen, für entschieden zu leicht. Aber da war nichts zu ändern. Ich hatte nichts anderes gelernt, als Augenblicke zu nutzen. Jahrzehntelang bin ich auf der Lauer gelegen nach der persönlichen Note: menschlich gesehen war ich ein Anfänger. »Dann feiern wir diesen Tag eben«, rief ich und sah, wie sie den Trench ablegte.

Sie trug weiße, seidige Wäsche darunter, die Schatten schwerer Brüste schienen hindurch. »Gibt es hier vielleicht irgendwo eine Kerze?« fragte sie mich. »Zu einer Geburtstagsfeier gehört eine Kerze.« Dem konnte ich nicht widersprechen und holte eine der Kerzen, die für Stromausfälle vorgesehen waren. Sie steckte sie an und stellte sie auf das Telegramm von Mamachen. Und da brannte sie nun, und ein Schimmer lag auf dem Text; aber das flackernde Licht fiel auch auf die langen Schenkel meiner namenlosen Bekanntschaft, ja, es feierte, so kam es mir vor, kleine Feste auf diesen Schenkeln. »Ist es nicht schöner so?« fragte sie und schaute mich an, als beginne jetzt gleich die Bescherung, und ich hatte nur noch den Wunsch, ihren närrischen Widerstand endlich zu brechen.

Sie bückte sich und hob mein Hemd auf, das ich hingeworfen hatte; ich trug noch Shorts und Strümpfe. Sie ging zum Bett und legte das Hemd dort zusammen, ich zwang mich, über ihr Verhalten kein Wort zu verlieren. Es war mir unbegreiflich; neben zuviel Gerede gibt es im Vorfeld unserer Passion keinen größeren Fehler, als über den Umweg der Mütterlichkeit oder Väterlichkeit einander näherzukommen. Ich wußte nicht weiter. Ich stand nur da und sah diese Schatten unter der seidigen Wäsche und sah ihr Haar und ihre Kniekehlen und zitterte leicht. »Nervös?« fragte sie mit einem Lachen.

Ich stieg aus den Shorts. Vom Hotel kam Jubel herüber. »Wenn der so weitermacht«, sagte ich, »ist die Sache nach drei Sätzen entschieden.«

»Ach, beim Tennis ist alles möglich«, entgegnete sie.

»Aber in Wimbledon spielt man auf Rasen. Da zählt nur der Aufschlag. Es wird ein Blitzsieg, fürchte ich.«

Sie legte ihr Oberteil ab, mit dem Rücken zu mir, sie sagte: »Fangen wir an.«

Keine Frage: Das mit dem Blitzsieg hatte gesessen. Ich sah, wie sie ihr leicht geplustertes Höschen abstreifte und anschließend auf den Bauch sank, quer übers Bett, das eine Bein ein wenig angewinkelt. Ich betrachtete ihre Details. Wie abwechslungsreich war doch der Körper einer erwachsenen Frau, wahrscheinlich Mutter zweier Kinder, gegenüber dem eines Mädchens! Sie schob ihr Haar aus dem Nacken und drückte die Stirn in mein Bettzeug. Als ob sie es ahnte, in welche Erregung mich gerade dieser Anblick versetzte! Ich ließ mir jetzt Zeit. Ich zog die Strümpfe aus und legte sie auf den Stuhl, über dessen Lehne ihr Trench hing. Aus einer der Manteltaschen ragte ein Stück einer Fotografie. Ich zog daran. Es war ein Schwarzweißbild, im Vordergrund ich, hinter meinem Kopf der Wolfgang-See bei St. Gilgen. Ich stopfte es zurück in die Tasche, ich zitterte jetzt nicht mehr vor Begierde. Unfähig, mich zu bewegen, sah ich zum Bett. Sie hatte sich das Kissen unter ihren Bauch geschoben, als sei es das Natürlichste der Welt.

»Wer sind Sie?« sagte ich langsam.

»Der einzige Gast an Ihrem Geburtstag.«

»Vergessen Sie diesen ganzen Geburtstag!«

»Sie werden heut vierzig. Ein Höhepunkt Ihres Lebens ...«

Das löste mich aus meiner Starre. Ich näherte mich dem Bett. Sie zeigte sich noch immer bereit. Offenbar entging ihr nicht nur, daß runde Geburtstage kein Bereich unserer Übereinstimmung waren, sondern auch mein Verdacht, daß sie den Auftrag hatte, mir diesen Tag zu versüßen. Ich riß sie herum – sie schien damit gerechnet zu haben. Die Beine öffnend, summte sie *Zum Geburtstag viel Glück*, das muß man sich vorstellen ... Ich wartete mit Schaudern das Versiegen ihrer Nächstenliebe ab; daß sie mir dieses idiotischste aller zu Gemüte gehenden Lieder vorsummte, konnte unmöglich Bestandteil ihres Auftrags sein, so infam wäre niemand. Ich zog Rotz hoch und rieb mir die Augen. »Aber nicht doch«, hörte ich ihre Stimme; die Art, wie sie billigte, daß ich gerührt war, bestätigte meinen schlimmsten Verdacht. Ich packte sie an der Schulter, schon lag sie erneut auf dem Bauch. Ich kniete mich nun über ihre Beine. Von drüben kam wieder Applaus.

Danach war es ruhig. Sie hatte aufgehört zu summen. Ganz leise schlug der Regen an die Fenster. Ich sah, wie ihre Hände mir den Weg freimachten, sie kümmerte sich wirklich um alles. Die Umstände stimmten. Ihr Anblick traf mich. Sogar die Tageszeit kam mir entgegen. Sie schien sich stur an Mamachens Instruktionen zu halten. Und ich streckte die Arme und spreizte die Daumen und fragte, ob sie so etwas öfter mache, also gewerbemäßig. Und wenn ja, wie Mamachen auf sie gestoßen sei. Und wie es nun weitergehe im Text.

»Sie verlieren sich in einem Irrgarten«, war ihre Antwort. Da warf ich mich über sie und legte die Hände um ihren Hals. Aber sie schrie nicht. Sie zeigte überhaupt keine Angst; ich spürte ihre Finger, die mir helfen wollten. Sie bildeten ein warmes Futteral. Nur da ließ sich nichts machen. Sie versuchte, mir das Gesicht zuzudrehen.

»Ich warte«, kam es aus ihrem Mund.

»Wer gab Ihnen das Foto von mir?«

»Welches Foto?«

»Das in Ihrer Manteltasche. Sie haben es von meiner Mutter, nicht wahr? Damit sie mich erkennen.«

Ihre Hände kamen zum Vorschein. Sie schien mich aufzugeben; in der Art, wie sie guckte, sah ich jetzt einen heimtückischen Wunsch, die Wahrheit zu sagen. Ich lockerte meinen Griff. Ihr Atem ging stoßhaft.

»Ich hätte Sie auch so erkannt.«

»Woran?«

»An Ihrer Traurigkeit.«

»Woher wußten Sie, daß ich in die Cafeteria gehen würde?«

»Es war die einzige Abwechslung, dieses Endspiel. Und Sie waren völlig allein.«

»So! Und woher wußten Sie das?« Wir keuchten jetzt beide.

»Ihre Frau Mutter sagte es mir. Es sei nicht damit zu rechnen, daß Sie Besuch bekämen.«

»Das waren ihre Worte?«

»Ja.«

»Aber ich hatte Zusagen. Von vier Leuten.«

»Es sei noch nie jemand zu Ihrem Geburtstag erschienen, sagte mir Ihre Frau Mutter. Sie würden es im Grunde nicht wollen. Nur daß jemand käme und gleich wieder ginge. So wie ich. Ihre Frau Mutter scheint Sie sehr gut zu kennen.«

Ich krümmte meine Finger wieder.

»Wieviel hat sie bezahlt?«

»Sie tun mir weh ...«

»Mamachen war noch nie kleinlich.«

Ich spannte alle Muskeln, sie griff nach meinen Handgelenken. »Wollen nicht alle Mütter das Beste?«

»Wie lautete Ihr Auftrag?«

Plötzlich zerrte sie an mir, ihre Stimme wurde schrill – mich glücklich zu machen, hörte ich noch und begann sie zu würgen. Es war eine ganz selbstverständliche Handlung. Sie geschah im ersten Moment völlig unterderhand. Ich drückte ihr die Kehle zu, als sei es eine Alltagsverrichtung. Und als ich Gejapse vernahm, dachte ich nur, was für häßliche Laute. Es war, wie wenn ich nie etwas von Ursache und Wirkung gehört hätte. Hemmungslos wandte ich alle Kraft auf, die ich besaß. Erst als sich ihre Nägel in meine Pulsadern gruben und ich das Blut rinnen sah und ihr warmer Körper wie unter Stromstößen zuckte, kam mir in den Sinn, daß ich dabei war, sie zu töten. Doch schon überwog der Gedanke, daß ich zu Ende führen mußte, was ich angefangen hatte. Oder konnte ich mitten im Töten sagen, genug für heute, Feierabend? Mamachen hatte sie bestimmt nicht dafür bezahlt – nicht dafür, daß sie sich von mir halb umbringen ließe. Mich trieb ein Wille, der immer noch wuchs. Und da war keinerlei Schmerz trotz der Nägel. Ich zitterte und spürte nur: ich mußte da durch. Einer ihrer Füße traf mich im Kreuz. Ich fluchte laut – und das an meinem vierzigsten Geburtstag. Dann spreizten sich ihre Finger, und irgendwie wurde es ruhig.

Ich weiß nicht, wie lange ich so noch hockte. Ich weiß nur, daß in der Cafeteria plötzlich ein Jubel ausbrach und ich mich freute für unseren sympathischen Blonden. Der hatte nun seinen Sieg, und ich hatte meinen.

Desire

Einmal hatte ich Glück, das war in Singapore. Um dieses Glück zu verstehen, muß man sich folgendes vorstellen: halbfertige, an einen schweren tropischen Himmel stoßende Großbauten, so weit das Auge reicht, nachts unter Flutlicht, Funkenregen aus den offenen Geschossen rund um die Uhr; daneben fertige, aus sumpfigem Boden gestampfte Komplexe, eisig verspiegelte Banken, Wohnblöcke wie massives Gebirge, neonhelle Hochhausklötze über kilometerlangen Passagen mit aberhunderten von Läden voller digitalem Delirium, selbst in den Tunnelsystemen, die in Rohbauten enden – und zwischen all dem, verschwindend klein, ein jungfräulich weißer Bau, mit seinen vielen schmalen Fenstern und den zierlichen Firsten mehr einem alten Flußdampfer ähnlich als einem festen Gebäude, wäre er nicht von steilen Palmen umgeben, würden nicht seine Seitenflügel einen botanischen Garten umrahmen, gäbe es nicht Suiten, die nach bedeutenden Literaten benannt sind, Männern von Format, an die sich manche der greisen Hausdiener noch respektvoll erinnern: Raffles Hotel – Ort meines Glücks.

Ich kam auf dem Landweg von Melaka und wollte dort wohnen, um jeden Preis. Der Herr vom Empfang streifte mich mit den Augen und empfahl mir eine Standard-Suite, er nannte die Summe pro Nacht. Es war ein kleines Vermögen. Darauf folgte eine Szene mit mir selbst, ein Ringen zwischen Vernunft und Verlangen, ich ging auf und ab. Der Portier zeigte unter seinem Tropenhelm keine Miene: er kannte solche Szenen sicher. Als es entschieden war, ergriff er wortlos mein leichtes Gepäck.

Die Standard-Suite hatte mehrere Räume, darunter zwei Bäder. Diese zwei Bäder machten mir mein Alleinsein deutlicher als das gewaltige Doppelbett. Ich benützte sie beide, ehe ich feststellen mußte, daß es keine der Suiten war, die einst ein berühmter Literat bewohnt hatte. Das ließ die enormen Kosten in neuem, sinnlosen Licht erscheinen; verärgert über meine Sentimentalität, verließ ich Suite und Hotel, um irgendwo preiswert essen zu gehen.

Im Lärm der Großbaustellen lief ich über planiertes Gelände und wechselte über sechsspurige Straßen, die etwas Sonderbares hatten. Es gab keinen Abfall. Ich lief durch eine Stadt ohne Reste. Als ich an einer Baugrube, die mir tief wie ein Cañon erschien, stehenblieb, befand ich mich, laut Reiseführer, mitten im Chinesenviertel. Ich suchte einen Straßenzug mit Garküchen, von dem ich gehört hatte. Die Beschilderung war gut, bald erreichte ich die Straße. Sie war sauber eingeebnet, auf der großen, brachen Fläche stand nichts als ein Zelt. Um das Zelt scharten sich Leute. Ich ging hin und stellte Fragen. Es fand eine Zeremonie statt. Sie galt einem Verstorbenen, der an der Stelle sein Haus gehabt hatte. Man sagte mir auch, daß die planierte Straße mit den Garküchen jetzt in den Untergeschossen eines Wohnkomplexes liege, gleich dort drüben, da, wo die Kräne seien, neben der Tokio Bank.

Mühelos fand ich hin. Der Komplex umfaßte fünf Blöcke mit je tausend Wohnungen, das war leicht zu berechnen: Stockwerke mal Balkone. Und in den fußballfeldgroßen Untergeschossen standen tatsächlich die Garküchen, die es früher am Straßenrand gegeben hatte, wie Abbildungen in meinem Führer bewiesen. Es waren unzählige Stände mit vier, fünf Tischen davor. Doch wurde nicht nur gekocht. Auch Wahrsager, Gesundbeter, Handleser und Lotterieagenten übten in Nischen ihr Gewerbe aus. Ich zog durch das Gewimmel, von Duft zu Duft. Es schien alle Küchen Chinas zu geben, wahllos strich ich umher. Ich war überfordert. Endlich setzte ich mich zu einem jungen Mann und fragte ihn nach seiner Lieblingsspeise. Er riet mir zur Kanton-Küche, zu dem geschnetzelten Huhn, ohne Fett, ohne Knochen; er bestellte es für mich. Ich lud ihn zum Bier ein, er trank auf mein Wohl. Kaum war das Essen da, begann er zu erzählen, ungeordnet und mit halben Sätzen, als sei er eben nach langer Einsamkeit wieder unter Menschen gekommen. Sein Englisch klang verwildert. Chinesisch, erfuhr ich, spreche er weniger fließend: Englisch sei Muttersprache für ihn. Er spreche es gerne, schon wegen der Abkürzungen; gerne würde er auch mehr als ein Bier mit mir trinken, doch fehle ihm die Zeit dazu. Denn wenn er nicht schlafe, esse oder Einkäufe mache, dann arbeite er. Er arbeite eigentlich immer. Seine Freizeit seien die Überstunden. So lebten hier alle. Arbeit gebe es reichlich. Er habe zwei Arbeitsplätze, das sei normal. Etliche hätten auch drei Arbeitsplätze. Es sei ein fast perfekter Staat ... Er redete schnell und in Kürzeln, er redete ökonomisch. Trotzdem wiederholte er sich. Wenigstens ein Wort schien ihm viel zu bedeuten – Desire. Sein Desire, sagte er, sei sein Problem. Das sei auch in den Shopping Plazas nicht zu lösen. Und die nächtlichen Orte für das Desire gebe es nicht mehr: die Regierung habe auf alles ein Auge. Es entgehe ihr nichts. Bis auf das Desire der Menschen, denn damit rechne die Regierung nicht. Er sah mich an, als sei ich mitschuld an diesem Problem, und ich erzählte ihm von Westdeutschland – von viel zu wenig Arbeitsplätzen und viel zu viel Wind ums Begehren –, es tröstete ihn nicht. Er stand auf und ordnete seine Erscheinung. Die Bedrücktheit fiel von ihm ab. Er begann von seiner Zweitarbeit zu schwärmen, zu der er nun aufbreche; Überlegenheit schwang dabei mit. Ihm gehörte die Zukunft, nicht mir. Als sei ich nicht wenige Jahre, sondern dreißig Jahre älter, so nahm er Abschied. Ich ging dann auch; irgendwie hatte ich es versäumt, das Huhn zu genießen. Überall brachen jetzt junge Männer zur Nachtarbeit auf. Vielleicht hätte ich ihm noch sagen sollen, daß ich in meiner Verweichlichung hier nichts weiter begehrt hatte, als ein, zwei Tage in einem alten Hotel zu verbringen ...

Mit gespielter Selbstverständlichkeit betrat ich die Halle des Raffles. Ich durchquerte sie und kam in den Ball- und Speisesaal. Die Decke war dort hoch wie in einem Theater, und es gab Galerien. Über allen Tischen hingen Ventilatoren. Dort, wo gegessen wurde, drehten sie sich in beschaulichem Tempo; langstielige Pflanzen neben den Tischen nickten sachte in dem Windzug von oben. Sonst bewegte sich nichts; die Menschen zählten kaum. Also kehrte ich in die Halle zurück, in der das milde Licht eines Herbariums herrschte, und folgte den Schildern zum Palm Court – dem Garten, den die Seitenflügel umrahmen. Dort stieß ich auf zahlreiche Leute. Sie standen oder saßen zwischen giraffenhalsschlanken Palmen und breiten, zu Fächern gestutzten Stauden. Sie hielten keine Drinks in der Hand, nicht einmal Pfeifen oder die Times. Sie sahen durch Fotoapparate und blitzten – sich selbst, den kleinen Pool, die Fächerpflanzen, Korbstühle vor den Suiten, die an den Garten angrenzten, eine alte Dame in einem der Stühle, das Kammerorchester, das unter einer Markise zum Dinner aufspielte, die Kellner in ihren Kostümen; und mich fotografierten sie auch. Es waren keine Gäste, sondern Neugierige. Sie verhielten sich wie Museumsbesucher. Und zu den Exponaten zählte jeder, der nicht fotografierte. Das begriff ich allmählich und versuchte mich nun auch wie ein echter Gast des Hotels zu benehmen.

Ich bummelte an den Seitenflügeln entlang, als bewohnte ich eine dieser besonderen Suiten. Sie liegen auf zwei Etagen, mit langen, überdachten Gängen davor, von halb heruntergelassenen Bambusjalousien gegen die Sonne geschützt, welche den Palm Court, als es noch keine Hochhäuser gab, den ganzen Tag über erreicht haben mußte. Ich ging auf Zehenspitzen, aber das Holz knarrte trotzdem. Die Lady im Korbstuhl schien mich nicht zu bemerken. Einen Augenblick lang dachte ich, sie sei aus Wachs. Über der Tür, vor der sie saß, stand: Somerset Maugham. Alle Palm-Court-Suiten waren Literaten gewidmet. Es waren berühmte und weniger berühmte darunter, zweifelhafte und über jeden Zweifel erhabene. Eine trug den Namen Hermann Hesse. Die Tafel wirkte recht neu, und das brachte mich auf einen Gedanken. Ich fragte am Empfang, ob es Material zu Hesses Aufenthalt gebe, und bekam eine Broschüre. Sie enthielt Hesses Notizen über seinen Abstecher nach Singapore, ins Englische übertragen. Er beklagte unter anderem seine Schlafstörungen wegen der lauten jungen Leute – »When we returned at one o'clock«, hieß es da, »a few tipsy young Englishmen played around the hall with the brutality of football players and fought with each other half the night like pigs.« Das war neunzehnhundertelf; im Nachspann zu den Tagebuchnotizen fand ich auch einen Hinweis auf Hesses Verlag. Darauf hatte ich gehofft.

Anderntags bat ich darum, den Hoteldirektor sprechen zu dürfen. Mit der Broschüre und einem Buch von mir unterm Arm erschien ich in seinem Büro. Der Direktor hieß Pregarz und war ein hochgewachsener Mitteleuropäer. Er schüttelte mir kräftig die Hand, ich kam sofort zur Sache. Hermann Hesse, dem man hier kürzlich eine Suite gewidmet habe, und ich seien Kollegen. Wir hätten denselben Verlag. Ich hielt mein Buch und die Broschüre zum Beweis hin, und Mr. Pregarz fragte, was ich trinken wolle. Dann erzählte er aus seinem Leben. Er stamme aus Triest und führe das Raffles seit über zwölf Jahren. Das Hotelfach habe er auf einem Luxus-

dampfer gelernt, sei dann aber seekrank geworden, auf einer Fahrt nach Singapore, und so hier hängengeblieben – als es erst tausend Betten in der Stadt gegeben habe. Inzwischen seien es sechsundzwanzigtausend. Aber er fürchte den Wettbewerb nicht. »I don't try to creat a new cocktail«, faßte er seine Ansichten zusammen, und ich fragte ihn, ob das Raffles nicht eher ein Museum sei. Mr. Pregarz stand auf. Er hatte etwas von einem Heldentenor, man erwartete jeden Moment einen geschmetterten Ton. Er bestritt meine Behauptung und verband das mit einem Vortrag über Singapore und dessen schönstes Hotel. Dabei sprach er Raffles nie mit ä aus, sondern stets mit vollem a, so daß es wie der Name einer Süßspeise klang. Schließlich erwähnte er noch die zurückgelassene Heimat. Er sei mit seiner Frau, einer Singapore-Chinesin, letztes Jahr in Italien gewesen, da hätten sie auf der Straße einen Streikzug gesehen. Den habe seine Frau immer wieder fotografiert, so wie die Touristen hier eine chinesische Beerdigung fotografierten; sie habe es gar nicht fassen können, daß Menschen nicht arbeiten wollten. Nein, schlug er den Bogen, das Raffles sei kein Museum, hier werde Umsatz gemacht. Leute aus aller Welt liebten das Haus und kehrten immer wieder zurück. Weil eben alles so sei wie früher ...
Bis auf die Gäste, fiel ich ihm ins Wort, und Mr.

Pregarz lächelte. Ja, die Klienten seien jetzt in der Tat gemischt. Aber diese Mischung sei gut fürs Geschäft. Die Banken, denen das Raffles gehöre, könnten nicht klagen – dadurch sei das Haus nun auch als Denkmal geschützt. Keine Planierung, Dank des gemischten Publikums. Man müsse eben Turnschuhe und etwas Lärm in Kauf nehmen. Aber Hesse habe das ja auch schon vermerkt; es sei nun mal ein lebendiger Ort hier. Ein Ort zum Menschenstudium! Manche Schriftsteller hätten monatelang im Raffles logiert … Ich sah ihn an und nickte. Ich sagte, das seien dann aber Bestsellerautoren gewesen, und er wiegte den Kopf. Ich wartete ab. Keineswegs, erwiderte er nach einer Pause. Denn Schriftsteller bekämen selbstverständlich einen Sonderpreis in diesem Hotel; das sei Tradition und habe wahrscheinlich schon für meinen Verlagskollegen gegolten. Auf jeden Fall gelte es für mich. Er wünsche mir noch ein paar nette Tage mit dem Writers Discount, alles Gute und viel Erfolg. Ach, und wenn ich in die Hesse-Suite umziehen wolle: sie würde morgen frei. Ich bedankte mich für den Sonderpreis, ich schenkte ihm mein Buch mit Widmung. Er gab mir die Hand, wir gingen zur Tür, seine Sekretärin kam auf uns zu. Ich würde es vorziehen, sagte ich leise, in meiner Standard-Suite zu bleiben, sie sei ja schon zu groß für mich … Mr. Pregarz blieb stehen. Er verstand das wohl nicht, schien auch an meinem literarischen Ehrgeiz zu zweifeln. Ich verließ das Büro.

In der Halle wurde ich fotografiert. Ich zog mich in meine Räume zurück und blieb noch zwei Nächte. Ich benutzte beide Bäder und wälzte mich schlaflos auf dem gewaltigen Bett, ich trat vor die Tür und sah den Funkenregen aus den Hochhausbauten, wie Sternschnuppen. Mir fehlte ein Mensch; in der Hesse-Suite am Palm Court wäre es sicher noch schlimmer geworden mit meinem Desire.

Das Grübchen

Niemand wird gezwungen, in einem Fahrstuhl zu sprechen. Aber was wollen Sie machen, wenn Sie sich immer wieder angesprochen fühlen? Und das nicht durch Worte, sondern von Blicken. Den Blicken einer Frau, die einem den Puls beschleunigt mit ihrer bloßen Anwesenheit! Einer stets in einen Pelz gehüllten Unbekannten, die Sie schamlos betrachtet. Und damit nicht genug: Wenn Sie unter dem knielangen Pelz die wohlgeformtesten nackten Waden erblicken und über dem Kragen des Mantels ein noch vom Schlaf erhitztes Gesicht – ja, wenn alles dafür spricht, daß der kostbare Mantel nur rasch über einen unbekleideten Körper geworfen wurde, um nach der Post zu schauen und anschließend wieder in die noch warmen Kissen zu fallen ...

Damit Sie die Geschichte richtig verstehen, muß ich vorausschicken, daß mein Äußeres so gut wie unscheinbar ist; daß ich immer noch an den Nachwirkungen der Geschlechtsreife leide, ist mir nicht etwa als ungestümer Zug anzumerken. Ich kämpfe mit einem stets an neuer Stelle wiederkehrenden Pickel, von dem Kollegen behaupten, er sei mein Freund und habe angeblich langsame Augen von unbestimmbarer Farbe. An mir und meinem Leben gibt es nichts, was diese – ich sage das in aller Sachlichkeit – lüsternen Blicke einer so schönen Frau rechtfertigen könnte. Seit vielen Jahren bearbeite ich den Buchstaben O in einer mittleren Versicherungsgesellschaft. Die Bezirksstelle, in der ich beschäftigt bin, verteilt sich über vier Etagen eines Hochhauses, dessen Obergeschosse verschwenderische Privatwohnungen sind, mit Zimmern, nehme ich an, von der Fläche unserer Großraumbüros. Meine Arbeit entspricht mir, sie steht in keinem Gegensatz zu meiner Erscheinung. Erwähnt werden sollte vielleicht noch, daß ich die wenigen weiblichen Personen, die mein Dasein gestreift haben, in Vereinen kennenlernte oder beim Fasching; es waren die Übriggebliebenen, von herzlichem Wesen zwar, aber irgendwie blaß. Und nun, auf einmal, solche Blicke!

Es begann an einem Montagmorgen (ich hatte die Frau vorher niemals gesehen, sie mußte am Wochenende eingezogen sein), und am Dienstag und Donnerstag setzte es sich fort; ich benützte den Aufzug, um mal in die Chefetage, mal zum Kaffeeautomaten zu fahren, und da stand sie dann an der hinteren Wand der Kabine, mit ein, zwei Briefen zwischen ihren schmalen Fingern, wenn sie von unten kam, oder nach warmem Bett und feuchten Haaren duftend, wenn sie herabfuhr, und blickte mich, wie aufgewühlt von meiner Gegenwart, an.

Etwa drei Wochen nach ihrem Einzug, und ohne daß bisher ein Wort gefallen war, faßte ich mir endlich ein Herz. Ich hatte sie einige Tage lang nicht gesehen, und wieder stand sie, nur flüchtig in den Pelz gehüllt, an der Rückwand und schien jäh zu erröten, als ich den Aufzug betrat, um nach oben zu fahren. Kaum war die Tür zu, fragte ich, die Dinge völlig auf den Kopf stellend vor Nervosität, ob an mir vielleicht irgend etwas sei, das sie störe.

Sie rieb sich Schlaf aus den Augen, die Mantelschöße gingen ein Stück auseinander. »Nein«, sagte sie, »im Gegenteil.« Dann war auch schon die Chefetage erreicht und das Gespräch damit beendet; später wurde behauptet, ich sei aus dem Fahrstuhl getaumelt. Tatsache ist, daß ich an diesem Tag zum ersten Mal zwei ähnlich klingende Namen der von mir betreuten Versicherungsnehmer verwechselte, was die erste kleine Rüge meiner Laufbahn nach sich zog. Unter lächerlichen Vorwänden benützte ich bis zum Abend noch mehrmals den Aufzug, aber sah sie nicht wieder. Die anschließenden Stunden des Alleinseins waren quälend. Meine Erinnerung an sie wurde so heftig, daß mir die Augen wehtaten; ich begann mein Leben unter anderem Blickwinkel zu sehen – als ein verfehltes Leben, sollte sich herausstellen, daß ich am Ende das gewisse Etwas besäße, jedoch nicht die Fähigkeit, es zu nutzen.

Erst am folgenden Freitag, kurz nach Büroschluß, stand ich ihr erneut gegenüber. Allerdings nicht alleine. Unser Hausbote, Herr Glaser, ein Mann, dem ein Ohr fehlt (vermutlich Kriegsverletzung, was ja heutzutage schon Rarität ist), war mit im Aufzug. Und wie in vorangegangenen Fällen einer Fahrt zu dritt oder viert trat an die Stelle der schamlosen Blicke eine Maske der Selbstbeherrschung, die im Lichte dessen, was sich schon abgespielt hatte, ebenso vielsagend war. Ich sah auf den schimmernden Mantel. Und obwohl ich gegen billige Phantasie im allgemeinen gewappnet bin, überschwemmte mich jetzt der Gedanke, daß sie nicht nur nackt sei unter dem Pelz, sondern auch geradewegs von der Liebe komme und, noch naß auf dem Rücken und in den Beinen ein Flattern, in die Arme des Geliebten zurückkehre. Im siebten Stock verließ Herr Glaser den Aufzug, und wie immer blieb mir der Eindruck, er habe seine Kopfhaltung so gewählt, daß man auf das fehlende Ohr geradezu gestoßen wurde. Zwei ganze Stockwerke hatten wir die Kabine für uns – im neunten erwartete mich mein Chef, der Bezirksstellenleiter. Ich nahm sofort den alten Faden auf. »Wenn Sie nichts an mir stört«, sagte ich, »ja, wenn das Gegenteil der Fall ist, wie Sie behauptet haben, was zieht Sie dann an mir an?«
Sie strich eine Haarlocke aus ihrem unge-

schminkten Gesicht; es war oval und lebte von weichen, glänzenden Augen. Es bedurfte keiner Stifte und keines Puders. Ihre Nasenflügel wurden weiter. »Darüber sollte man nicht sprechen«, entgegnete sie, und schon hielten wir wieder, die Stahltür glitt auf. Ich trat rückwärts hinaus; das letzte, was ich von ihr sah, war etwas Knie und eine Handbreit Schenkel. Man sollte nicht sprechen darüber – irgend etwas mußte also an mir dran sein! Wie betrunken durchschritt ich das Vorzimmer, übersah Fräulein Übelacker (auf die ich zurückkommen werde) und trat in das Chefbüro ein. Ohne nachzudenken, entschuldigte ich meinen Zustand mit dem Tod eines entfernten Verwandten. »Ein mir sehr lieber Großonkel«, sagte ich, und meine Fahrigkeit wurde noch ärger. Mit einer Handbewegung, die zum Ausdruck bringen sollte, daß ich Herr meiner selbst sei, fegte ich einen Aschenbecher vom Tisch. »Möchten Sie nicht ein paar Tage frei nehmen?« fragte mein Chef; er war so verständnisvoll, daß man in der ewigen Furcht lebte, irgendeinen Bogen zu überspannen. »Um Gottes Willen«, war meine Antwort. Er konnte ja nicht ahnen, was das für mich bedeutet hätte: nicht mehr den Aufzug benützen zu können.

Später, in meinen vier Wänden, trat ich vor den Garderobenspiegel und betrachtete mich. Ich trug nur die Boxershorts, die ich mir vor Geschäftsschluß noch rasch gekauft hatte. Viel zu lange war ich meiner alten Unterwäsche treu gewesen, damit war nun Schluß. Ich stopfte alle elastischen weißen Modelle in einen Müllsack. Weg damit! Diese ersten Boxershorts waren nur ein Anfang in meinen Augen; ich betrachtete mich gründlich. Mein Körper verriet, daß ich keinen sportlichen Ehrgeiz besaß, und mein Gesicht, daß mir ganz allgemein der Antrieb fehlte – von einer Kleinigkeit abgesehen. Man könnte sie als das Gegenteil eines Schönheitsfehlers bezeichnen: als meinen Unscheinbarkeitsfehler. Ich hatte ein Grübchen am Kinn. Es war ein ererbtes Merkmal, dem ich keine Bedeutung beimaß. Ich hatte es praktisch vergessen; auch bei Frauen fand es bisher kein Echo. Es verlieh meinem Kinn, an dem, neben dem wiederkehrenden Pikkel, nur vereinzelt der Bart sproß, eher etwas von einem ausgeprägten Popo als von deutlicher Entschlossenheit. Dennoch war und blieb es ein Grübchen. Mit anderen Worten: ein gewisser Reiz. Das fiel mir an diesem Abend zum ersten Mal auf.

Am folgenden Tag trug ich den Kopf ein wenig höher als gewöhnlich, wenn ich den Aufzug betrat, und kurz vor der Mittagspause sah ich sie wieder. Sie stand an die Wand gepreßt und schaute mir so in die Augen, als würde sie beim nächsten Atemzug die Lust überkommen. Wir fuhren nach unten; quer über ihre Wange lief noch ein Kopfkissenabdruck. »Ich denke, ich weiß nun, was Sie so anzieht an mir«, sagte ich leise.

Sie hob eine Hand und lächelte schwach, ein Streifen glänzender, fest gespannter Brust schien unter dem Mantelausschnitt hervor. »Dann bewahren Sie Stillschweigen darüber, tun Sie uns den Gefallen«, lautete jetzt die Entgegnung. Ich sah auf ihre nackten Waden. Sie waren lang und gerundet und gingen über in handgelenkschmale Fesseln. Der Aufzug hielt, und etwas, das kühner war als mein Ich, ließ mich fragen, ob sie etwa ganz nackt sei unter dem Pelz.

»Ja.«

Sie sagte das höflich, sogar etwas steif, und entschwand durch die offene Tür. Ich wagte nicht, ihr hinterherzugehen. Ich konnte es auch gar nicht; aufgelöst wie am Vorabend eines Umzugs fuhr ich wieder nach oben. Ich stürzte auf die Toilette und schloß mich ein. Während der gesamten Mittagspause versuchte ich meine Gedanken zu ordnen. So wie es aussah, hatte ich alle Chancen, eine Frau zu erobern, die mein Leben auf einen Schlag in eine andere Bahn lenken würde. An ihrer Seite wäre ich nicht mehr der kleine Sachbearbeiter des Buchstaben O, sondern beneideter Liebhaber mit geheimnisumwitterten Kniffen. Doch auch äußerlich erschiene ich den

Menschen verändert. Man sähe mein ganzes Gesicht auf einmal im Lichte des Grübchens! Das Grübchen wäre der Schlüssel für alle übrigen, nichtssagenden Züge – man mußte es nur entdecken. Und so gesehen war es auch einleuchtend, daß ich ausgerechnet oder eben nur im Fahrstuhl die Begehrlichkeit einer schönen Frau zu wecken vermocht habe; denn wo sonst sucht sich das Auge so unwillkürlich einen Punkt zum Verweilen, wo sonst konnte das Grübchen seine Macht als Blickfang entfalten?

Mit heißem Kopf und kalten Händen kehrte ich an meinen Schreibtisch zurück. Ich beugte mich über einen Vorgang, die Buchstaben schienen zu tanzen; nach und nach ergriff mich ein tiefer, lähmender Haß auf alle Namen mit O. Ich geriet zum ersten Mal in Verzug. Fast stündlich lief ich zum Fahrstuhl. Ich holte im fünften Stock Zigaretten, ich fuhr in den sechsten, um zu fotokopieren; ich fuhr wieder hinunter und wieder hinauf, vergebens. So war es an diesem und an drei weiteren Tagen, auf meinem Schreibtisch häuften sich die Vorgänge; dann rief Fräulein Übelacker an, die ein Auge auf mich gehabt hatte, bis sie Chefsekretärin wurde. Ich solle nach oben kommen, sofort. Sie sagte das in spitzem Ton, als sei sie Schauspielerin in einem Büro-Schwank. Ich ging in den Flur, zu allem entschlossen. Der Aufzug kam von unten, ich sah es an dem leuchtenden Pfeil. Die Stahltür glitt auf, mir stockte das Herz. Da stand sie wieder und schaute.

Sie hielt ein Netz mit Brötchen und einer Milchtüte in beiden Händen, obwohl es schon später Nachmittag war; die Schnallen ihrer Schuhe berührten den Boden. Sie waren offen. Ich hob den Kopf und wollte gerade sagen: so ein Zufall, da wurde die zugleitende Tür gewaltsam gestoppt. Mit einem Seitenblick erkannte ich Herrn Glaser. Er zwängte sich noch schnell in die Kabine, einen Korb voller Akten im Arm, und kehrte ihr und mir seine Kriegsfolge zu. Es empörte mich, aber ich schwieg. Wie alle jüngeren Kollegen hatte ich Angst vor Herrn Glaser. Er starrte zur Decke. Er sah nicht, was ich sah. Er roch nicht, was ich roch. Er empfand nicht, was ich empfand. Ich sah ihr Knie und ahnte den Schwung ihrer Hüften. Ich roch den Geruch von Nachmittagsschlaf: nach süßer Fäulnis, wie sie aus Kinderbetten aufsteigt. Ich war bereit, mich ihr zu opfern. Drei Brötchen zählte ich übrigens. Sie konnte also allein sein, allein und verfressen; oder ihr Geliebter war eine halbe Portion. Unentwegt sah sie mich an. Ihr Blick galt dem Grübchen.

Der Aufzug hielt, wir waren im sechsten Stock. Herr Glaser blieb stehen, um mir den Vortritt zu lassen, das gehörte zu seinem unappetitlichen Repertoir. Doch ich rührte mich nicht. Er drehte den Kopf etwas weg, man sah die ganze gräßliche Narbe. »Aber wo wollen Sie hin?« fragte er. Und wieder sprach etwas Fremdes aus mir – »Nach oben, wenn es Sie nicht stört.« Ein leises Zischen drückte seine Verwunderung aus, er verließ die Kabine. Lautlos schloß sich die Tür; lautlos schloß sich auch meine Personalakte, wie es mir schien. Ich entschwebte der Versicherungsgesellschaft, meinem ruhigen, abgepolsterten Leben. Ein, zwei Momente lang war ich fast stolz. Dann drehte ich mich ruckartig um.

Sie blickte mir ruhig in die Augen, ich sah nur ihr Gesicht. Erst mit einer kleinen, unbegreiflichen Verzögerung bemerkte ich, daß sie den Pelz geöffnet hatte. Die Beine sanft gekreuzt, die Hände auf dem Kopf gefaltet (das Netz mit Brötchen und Milch lag jetzt am Boden), stand sie gelassen da, zum Greifen nahe und doch wie hinter Glas. Sie hatte alles, was mich hilflos machen kann. Ihr Hals war schmal und faltenlos. Die Brüste waren von blendendem Weiß. Kein Streifen Sonnenbräune verdarb das Licht dieses Körpers; nichts von jener öden Natürlichkeit, die man Farbe nennt, störte das Bild ihrer Haut; nirgends ein sinnlos antrainierter Muskel – nur daß sie überhaupt so dastand, war ein Klischee. Aber da mein Leben von allen möglichen Klischees bestimmt war, kam es auf ein weiteres nicht mehr an.

Ich bückte mich und hob das Netz auf. Über

meinen Kopf hinweg ging ihr Blick zu den blinkenden Zahlen der Stockwerke. Wir schienen ganz nach oben zu fahren. Sie zog ein Bein an und legte eine Hand um das Knie. Ich sah die Fülle ihres Schenkels und schaute wie in Panik zu Boden, auf eine kleine, helle Lache vor meinen Füßen. Die Milchtüte tropfte. In diesem Augenblick war mir, als würde ich träumen. Mir widerfuhr etwas, das keine Verbindung hatte zum gewöhnlichen Leben; ich dachte auch, ich bildete mir alles nur ein. Der Aufzug hielt, aber die Tür blieb geschlossen. Sie lächelte plötzlich. »Hier oben ist die Tür nur mit einem Schlüssel zu öffnen.« Und sie zeigte mir diesen Schlüssel und ließ ihn wieder in der Tasche ihres Pelzes verschwinden. Ich überlegte mir, ob ich gewonnen hatte oder verloren, begehrt wurde oder gequält. Sie hob einen Finger. Es war wie eine Warnung – Berühren verboten; dann fragte sie mich, wofür ich sie hielte.

Ich dachte angestrengt nach. Noch immer tropfte Milch aus der Tüte. Alles, spürte ich, hing jetzt von meiner Antwort ab. »Für eine Hure?« Sie sagte das mit einer Liebenswürdigkeit, die mich energisch den Kopf schütteln ließ. Davon abgesehen, glaubte ich es auch nicht. Es hätte alles zerstört. Nein, sie war eine unglücklich verheiratete junge Frau mit krankhafter Neigung zu Grübchen. Ich suchte noch nach schonenden

Worten für diese Annahme, da streifte sie ihren Pelz über die Schultern und ließ ihn achtlos herabfallen.

»Oder halten Sie mich für verrückt?«

»Keineswegs.«

»Aber Sie schauen mich so an.«

»Das tut mir leid.«

»Ist es nicht das, was Ihnen vorgeschwebt hat – mich so zu sehen, ohne alles ...«

Ich nickte. Es war ein betretenes Nicken, als würde ich mich, unter Druck, zu einer kindischen Verfehlung bekennen. Sie streckte eine Hand nach mir aus – nicht um den Abstand zwischen ihr und mir zu verringern, nur um ihn anzuzeigen: mit leicht erhobenen Fingern. Und da entfesselte sich, irregeleitet, etwas von diesem Haß, der sich in mir angestaut hatte, von diesem Haß auf alle Namen, die mit O anfangen, und ich packte ihre Hand und drückte sie auf das Grübchen und rief: »Ist es nicht das, was *Sie* wollten?«

»Es tut mir nur weh.«

Ich ließ sie los und wiederholte meine Frage, sie schloß für einen Moment ihre Augen. Gleichzeitig stieß sie in kleinen Schüben Luft aus der Nase, und ihre Wangen bebten. »Es war vielleicht gut gemeint«, flüsterte sie. »Aber sie wäre nicht nötig gewesen, diese Berührung. Ihr Grübchen erinnert mich an jemanden; es zu sehen, genügte mir völlig. Ich konzentrierte mich ganz darauf und glaubte für einen Augenblick, derjenige würde noch leben. Ich bin Ihnen dankbar. Daß ich mich hier so zeige, meinte ich Ihnen schuldig zu sein. Sicher werden Sie begreifen, daß ich nicht weitergehen kann. Es wäre mir nicht einmal lieb, wenn Sie mich anfassen würden. Aber betrachten dürfen Sie mich. Was das betrifft, gehöre ich Ihnen. Lassen Sie sich Zeit. Sie haben es verdient.« Und damit drehte sie sich langsam, und ich starrte sie an; ihre abgezirkelte Besonnenheit wirkte vernichtend. Ich spürte die Kluft zwischen uns und war dennoch in einer Weise erregt, die ich nur zu schildern vermag: Es war Begierdewahn, der mich ergriffen hatte. Die ganze Welt war auf diesen Augenblick vor meinen Augen zusammengeschmolzen. Ich stand gleichsam dicht vor der Weltherrschaft – unfähig, den letzten Schritt zu tun. Sie drehte sich einmal um die eigene Achse und blieb dann an die Wand gelehnt stehen. Ich suchte nach einem Wort, das alles herumreißen könnte. Ihre Brust hob und senkte sich im Abstand einer Sekunde. Mein Hirn war wie leer. Das Grübchen juckte. Aber ich wagte nicht hinzufassen: gehörte es doch einem Toten, so empfand ich es jetzt. Bitterkeit stieg in mir auf. Doch ich fühlte auch, daß alles wieder seine Ordnung hatte. Ich war der alte. »Sie sind sehr gut zu mir«, sagte ich.

»Es ist nicht der Rede wert.«

Aus der Tiefe des Aufzugschachts kam ein Geräusch; sie löste sich von der Rückwand und ging
zu den Knöpfen. Ich wandte den Kopf um. Ich
sah nicht, was sie tat. Ich sah nur ihre Hinterseite. »Nun haben wir wieder eine Minute«, sagte
sie und kehrte zurück. »Ich kann von hier oben
den Aufzug blockieren. Oder vermißt man Sie
im Büro?«

»Ich glaube nicht.«

»Dann genießen Sie noch diese Minute.«

Ich verkrampfte meine Hände, Milch rann mir
jetzt über die Finger. Die Sekunden verstrichen.
Jede einzelne schien mir kostbar zu sein. Sie
drehte sich noch einmal um die Achse, dann
bückte sie sich nach ihrem Pelz; ich fragte, wer
der Tote sei, an den ich sie erinnert habe.

»Ihr Grübchen hat mich erinnert, nicht Sie. Es
war mein Mann.« Ich streckte einen Arm, um ihr
in den Mantel zu helfen – wie er gestorben sei,
wollte ich wissen. »Bitte bemühen Sie sich
nicht«, wies sie mich leise zurück und hatte den
Mantel schon an. »Er ist sehr elend gestorben.
An gebrochenem Herzen.« Sie lächelte und
nahm mir das Netz ab, dabei streichelte sie kurz
meine Hand. Ich war wie versteinert. Ich konnte
sie nicht einmal fragen: Was heißt an gebrochenem Herzen? Sie schritt an mir vorbei, ich sah
auf die helle Lache am Boden und hörte das

Gleiten der Tür. Ich spürte, wie sie in eine Wohnung entschwand, die ich niemals betreten würde – in eine andere, unerreichbare Welt.

Kaum war die Stahltür hinter ihr zu, ließ meine Starre nach, und ich drückte auf den Erdgeschoßknopf. Quer durch mein Leben lief jetzt ein Riß. Ich wußte nun, was Leben wäre: jemanden wie sie zu besitzen; ich war der alte und war es nicht. Irgendwie gab es mich kaum mehr. Der Aufzug wurde langsamer. Er hielt im sechsten Stock, und ich trat zurück an die Wand. Die Tür glitt auf, mein Chef und Fräulein Übelacker erschienen. Sie waren bester Laune und übersahen mich im ersten Augenblick glatt, ich wollte sterben. Dann klatschte Fräulein Übelacker in die Hände, und mein Chef legte los. Mensch ... Er habe schon gedacht, ich sei aus dem Fenster gesprungen. Aber prima, nun sei ich ja da. Sozusagen von oben gekommen. Vom Himmel gefallen! Er habe sich nämlich Gedanken gemacht ... Fräulein Übelacker begann plötzlich zu nicken, als stammten diese Gedanken von ihr; währenddessen schaute sie mal auf mein Grübchen, mal auf die Pfütze am Boden. Ich selbst stand unbewegt da, voller Verachtung für alle, die nichts von meinen Erlebnissen ahnten.

Gedanken, fuhr unser Bezirksstellenleiter fort, was meine Arbeit betreffe. Und er sei zu dem Ergebnis gekommen, daß ich ab morgen den

Buchstaben P bearbeiten solle, der Kollege sei zu einem Wechsel bereit. Das werde mir guttun: Endlich mal weg von dem ewigen O ... So seine Worte. Der Aufzug hielt. »Einverstanden?« fragte er mich beim Hinausgehen, und ich muß dieser Art von Karriere wohl zugestimmt haben. Denn mit einemmal war er fort, und ich stand mit Fräulein Übelacker allein vor dem Hochhaus. Sie schaute mich an, als spielten irgendwo Geigen. Ich bedeckte mein Kinn mit der Hand, doch das half nichts. Der leichte Glanz in ihren Augen nahm sogar zu. »Und?« fragte sie. »Noch auf ein Weinchen?«

Mein Blick fiel auf den Mund von Fräulein Übelacker. Er trug Lippenstiftspuren. Sie hatte so gar nichts Großzügiges; der Gedanke an ein Weinchen mit ihr wog wie eine Lebensaufgabe. Ich wollte weg, aber da hatte sie sich schon eingehakt, und wir gingen über die Straße, in ein Lokal, das *Der Keller* heißt. Und dort tranken wir dieses Weinchen und fanden noch in derselben Nacht in ein gemeinsames Bett. Und während wir uns wälzten und aneinanderklebten wie zwei Pflaster, gestand sie mir, daß es die kleine helle Lache gewesen sei, die sie verrückt gemacht habe, und ich vergrub mein Grübchen in ihrem Busen. Bald darauf heirateten wir; ich habe sie von ihrem Namen erlöst und sie mich von meinem Alleinsein. Muß ich noch sagen, daß ich nie wieder den Aufzug benützt habe und durch das viele Treppensteigen jetzt fast eine gute Figur in meinen Boxershorts mache?

Tschakwau

Seit kurzem war ich wieder in Bangkok und lebte
für mich. Die Regenzeit war vorüber, die heiße
Sonne trocknete die Stadt; längs des Flusses
stand noch viel unter Wasser. Ich saß fast jeden
Tag an einer Landungsstelle und schaute Kindern
zu, die einen Fährdienst betrieben. Sie brachten
die etwas Wohlhabenderen, die ihre Schuhe und
langen Hosen schützen wollten, bis zur nächsten
trockenen Straße. Die Kinder schoben und
schleppten die Leute in selbstgezimmerten Käh-
nen durch das glitzernd braune, knietiefe Wasser.
Die meisten dieser Kähne waren nicht größer als
eine Badewanne. Es gab sogar ein paar schnittige
Modelle darunter.
Mehrmals täglich ließ ich mich übersetzen. So
eine Tour von gut hundert Metern kostete umgerechnet dreißig Pfennig. Und weil ich ein häufi-
ger Kunde war, freundete ich mich mit den Kindern vom Ta-Chang-Pier, der zum Großen Palast führt, wie von selbst an. Am vertrautesten
wurde mir Puan, ein dreizehnjähriger Junge. Er
erzählte, daß seine Gruppe von fünf Kindern am
Tag bis zu vierhundert Baht verdiene, knapp
vierzig Mark, was über einhundertfünfzig Fahrten erfordere. Abends bekomme das Geld dann
ihr Chief, der für sechs Familien die Verantwor-

tung trage; sie lebten alle vom Hochwasser. Puan wurde mein Dolmetscher, und ich erfuhr noch manches über das Viertel. Als das Wasser immer mehr zurückging, wurde es ruhiger am Fluß, und ich verlor die Lust, dort zu sitzen. Ich ging nicht mehr hin, ich blieb im Hotel, um zu schreiben. In der Bangkok-Post las ich ein paar Tage später, die Flut sei jetzt endlich besiegt: die Bewohner längs des Chao Phya hätten wieder festen Boden unter den Füßen.

Puan hatte mir auch erzählt, daß viele aus dem Viertel rauschgiftsüchtig seien. Und da die Kinder oft als Überbringer eingesetzt würden, säßen auch Kinder im Gefängnis, die jüngsten seien sieben. Das brachte mich auf den Gedanken, über die gefangenen Kinder eine kleine Reportage zu machen. Ich wandte mich an unsere Botschaft und fragte den Rechtsreferenten, ob es möglich sei, in ein thailändisches Gefängnis zu gehen. Der Rechtsreferent machte eine Aktennotiz und verneinte. Es sei nicht möglich für mich. Aber er besuche regelmäßig die Gefängnisse der Hauptstadt, um seine Leute zu sehen. Ich fragte, welche Leute. Und weshalb sie in den Gefängnissen seien und wie lange, und er antwortete: »Es sind junge Deutsche. Ein paar davon haben dreißig Jahre und mehr abzusitzen. Wegen dreißig Gramm Rauschgift. Jeder hat fünfundvierzig Zentimeter Raum, um zu schlafen. Mit den Jahren rückt man auf und bekommt einen Platz an der Wand; diese Laufbahn fängt neben der Piß- rinne an.« Er holte Luft, um fortzufahren, aber ich bedankte mich höflich und ging. Ich gab es auf, über etwas von öffentlichem Interesse schreiben zu wollen.

Die Sonne brannte von Tag zu Tag heißer; ich begann mit einer Novelle. Ich fand früh aus dem Bett und schrieb bis zum Mittag auf meinem Balkon. Daß es Mittag war, sagte mir der langge- zogene Ruf eines Fahrradküchenmannes, der auf der Gasse vor dem Hotel kleine Fischpfannku- chen briet. Ich kaufte ihm jeden Tag zwei davon ab, er servierte sie mir in einer Schale, die aus zusammengewirkten Blättern bestand. Diese Stärkung kostete nicht mehr als eine der Kahn- fahrten. Manchmal hätte ich lieber einen Ham- burger oder ein Sandwich gegessen; das Exoti- sche an sich bedeutet mir nichts. Nach einer kurzen Ruhepause schrieb ich weiter, bis die Sonne versank. Gegen sieben Uhr begann immer mein Abend in Bangkok.

Ich bummelte zuerst zum nahen Grace-Hotel, durch die Soi Nana, eine schrille Nebenstraße mit kleinen Garküchen entlang des Gehsteigs; schrill, weil es dort von Bars und Läden wim- melt, die auf die Wünsche der Araber zuge- schnitten sind. Ich ging mit wachen Augen, um auf keinen der Bettler zu treten, die oft wie geplättet neben dem Bordstein lagen, schon fast eins mit dem Boden. Sie hielten Plastikbecherchen in beiden Händen; es war das einzige, was sie als Bettler legitimierte. Sie umklammerten diese Becher, sofern sie Finger besaßen, oder preßten sie zwischen die Reste von Händen und Armen. Kurz hinter den Bettlern bog ich nach rechts, in die breite Zufahrt zum Grace-Hotel. Früher war dieses Haus das größte Bordell Südostasiens gewesen, der berühmte Coffee-Shop ein lärmendes Meer von drei- oder vierhundert Mädchen, nach Mitternacht eine Vorhölle, durch die Betrunkene wankten, Japaner und Inder, Araber und Deutsche, Unglückliche aus sämtlichen Erdteilen. Inzwischen war der Coffee-Shop im bayrischen Stil renoviert worden, und die Männer und Mädchen wurden irre an dem Gefühl, sich nach wie vor in einem Morast zu bewegen, für den es keine äußeren Zeichen mehr gab. Natürlich hatten sich einige Nischen gebildet; ich ging ins Grace-Hotel, um die Toilette zu benützen.

In der Herrentoilette arbeitete ein Junge in weißem Hemd mit schwarzer Fliege, der jedem, der vor ein Becken trat, von hinten Schultern und Nacken massierte. Dabei achtete er stets darauf, das eigentliche Geschäft nicht zu behindern. Erst wenn man zu pinkeln begonnen hatte, spürte man seine Hände, und kaum war man fertig, hörte er wieder auf. Er war ein sehr ernster Junge, und er war schön. Zwischen seinen runden Augen erschien oft ein senkrechtes Fältchen, und wenn er beim Empfang des Trinkgeldes lächelte, schwang ein Schuß Ironie darin mit. Er hatte es nicht immer einfach. Die Golfaraber, die im Grace-Hotel wohnten, verstanden den Jungen gern falsch: Sie machten ihm Offerten oder wiesen seine vermuteten Zusatzdienste zurück. Ganz anders die Deutschen: Sie rissen Witze und pißten sich an. Am besten begriffen ihn noch die Amerikaner: Sie fragten sofort, was es koste. Und so fühlte ich mich zwischen zwei Marines immer am wohlsten auf der Toilette; lachten sie über den Jungen, dann lachten sie auch über sich selbst, und ich fragte sie, wo sie herkämen, und wir wechselten ein paar Worte über Kansas City oder Oklahoma. Häufig erkundigte ich mich auch, wo sie stationiert seien und was sie da machten, und sie erzählten es mir, und während sie ihre Hosen schlossen, rief einer von ihnen: »Hope you're not from East-Germany, man!« Sie hatten ziemlich viel Angst vor Spionen, sogar am Klo; ich konnte sie immer beruhigen. Bevor ich ging, drückte ich dem Jungen fünf Baht in die Hand. Er hätte nie darum gebeten, und er bedankte sich auch nur mit einem Verkleinern der Lippen. Er war der einzige mit Stil im ganzen Hotel. Nach diesem Abstecher hatte ich Hunger.

Ich aß jeden Abend im selben Lokal. Dazu mußte ich die Sukhumvit Road überqueren, keine ungefährliche Sache. Es gab kaum eine Lücke im dichten Verkehr. Stockte er kurz, suchte ich mir mit angehaltenem Atem die Gasse zwischen den Autos. Hinter LKW's und Bussen war die Luft so schwarz, als regnete es Asche. Fast alle Fahrer bohrten in der Nase. Die Klümpchen, die sie hervorholten, waren so dunkel wie die Fassaden der Häuser; die Menschen wurden nasebohrend mit der Luftverschmutzung fertig, auch in den teuren Autos. Auf der anderen Straßenseite bog ich in die Soi Sam Samran, und im zweiten Haus links lag das Lokal. Es heißt Suki Yaki, nach einem Gericht, und ich kann es empfehlen. Als Vorspeise verlangte ich immer Krabbenfleischbällchen, die in Minzesoße gestippt werden. Danach aß ich gern zwei gebratene Frösche mit Knoblauch, und mein Hauptgericht bestand meistens aus einem in verschiedenen Gemüsen gesottenen Fisch. Dafür zahlte ich keine zehn Mark, umgerechnet. Träge geworden vom Essen, ging ich dann regelmäßig in das nahe Chao-Phya-Badehaus, um mich dort waschen zu lassen und zu entspannen.

Im Erdgeschoß des Badehauses saßen etwa zwei Dutzend Mädchen hinter einer Glaswand und sahen fern oder strickten; sie saßen dort seit acht Uhr morgens. Ich wählte immer das Mädchen, das mir am erschöpftesten vorkam. Es holte mich an der Kasse ab, und wir zogen uns in einen der Räume im oberen Stockwerk zurück. Dort machten wir uns namentlich bekannt. Während sie Vorkehrungen für mein Bad traf, zog ich mich aus. Auf ihren Wink hin setzte ich mich in die Wanne, und sie wusch meinen Körper von oben bis unten. Ab und zu mußte sie husten; sie war nicht kränker als die anderen Mädchen auch. Es war ja Dezember, an manchen Tagen sank das Thermometer auf dreißig Grad, es litten viele an Erkältung. Nachdem sie mich abgetrocknet hatte, führte sie mich zu einer Liege. Kaum lag ich auf dem Bauch, bestreute sie meinen Rücken mit Puder, bevor sie ihn zu massieren begann. Anfangs stöhnte ich, aber bald verloren ihre Hände an Kraft; ich forderte sie auf, sich neben mich zu legen. Ich bedeutete ihr, daß sie den Rest der Zeit schlafen könne (bezahlt war für einein-halb Stunden). Doch sie massierte mich verbissen weiter. Es dauerte noch eine Zeitlang, bis ihre Müdigkeit stärker wurde als ihr schlechtes Ge-wissen. Dann legte sie sich neben mich, und ich hielt ihren Kopf. Aber selbst im Liegen tat sie noch so, als massierte sie mich, ich mußte ihr die Hände festhalten. Draufhin schlummerte sie ein. Ich blieb wach und dachte an meine Novelle. Bald schlief das Mädchen tief. Ab und zu lauschte ich auf ihren Atem. Er war so leise, daß

mir bange wurde. Kurz vor Ablauf der einein-
halb Stunden weckte ich sie. Ohne ein Wort kam
sie hoch und brachte ihr Make-up in Ordnung;
ich zog mich unterdessen an. Im Treppenhaus
verabschiedeten wir uns formlos.

Ich kehrte zurück ins Hotel, in die Soi Seven,
und besuchte die Bar des Hotels. Diese Bar hieß
früher Bambus-Club und hatte großen Zulauf
gehabt. Doch der Besitzer, ein Chinese (wie die
meisten Besitzer in Bangkok), wollte einen mehr
westlichen Stil. Alles, was nur rot sein konnte,
war jetzt rot in der Bar und stand im rechten
Winkel zueinander, und es gab so viele Spiegel,
daß einem übel werden konnte. Außerdem schuf
der Chinese den Posten eines Managers der Bi-
Bi-Bar, wie sie nun hieß, und gewann dafür
Ernesto, einen vorher stellungslosen Schweizer.
Die beiden saßen Abend für Abend nebeneinander und schauten den Mädchen zu, die abwechselnd tanzten, auch wenn ich der einzige Gast
war. Etwa jede Stunde sagte Ernesto, daß alles
anders werden müsse, und der Chinese lächelte
und zählte seine Mädchen.

Ich kannte diese Mädchen seit Jahren, sie hatten
schon im Bambus-Club getanzt. Hinter der
Theke standen Lek und Ead; Ead war schwanger
und durfte sich in Abständen setzen. Vor der
Theke standen Surii, Linda, Ang und Dau. Sie
waren zum Animieren da und zum Tanzen. Für

ihren Auftritt gab es eine kleine Bühne, über der sich eine Lichtorgel drehte. Die Mädchen bewegten sich dort wie im vergangenen Jahr, die Umbauten waren an ihnen vorübergegangen. Wenn sie nicht auftraten, schwatzten sie laut, und Ernesto, ein Platzanweiserlämpchen in der Hand, funkte dazwischen: die Mädchen sollten nicht schwatzen, sondern die Türe im Auge behalten, falls doch noch ein Gast käme. Ernesto suchte den Erfolg. Dem Chinesen war es im Grunde egal, ob Gäste kamen oder nicht; er freute sich an seiner roten Bar. Da er noch Restaurants besaß, war dieser Nachtbetrieb sein Steckenpferd, einschließlich Ernesto: so zählte zu seinem Besitz auch ein Schweizer. Ernesto ahnte das und haßte den Chinesen. Er wurde von Tag zu Tag bedrückter, was seiner Natur gar nicht entsprach; schaute tatsächlich mal ein Gast herein, drehte er auf. Er scheuchte die ganze Truppe zum Tanzen, fing wild an zu klatschen und rief in einem fort: »Post ab!«

Nur wenn ich gegen zehn Uhr hereinkam, blieb alles sitzen. Ich war schon fast ein Teil der Depression. Ernesto hob nur die Hand und sagte: »Morgen wird's besser, morgen sind neue Mädchen da.« Die Mädchen besorgte ein Händler. Der Händler kaufte sie vorher einem anderen Händler ab, der die Mädchen wiederum ihren Eltern abgekauft hatte. Ihr Eigentümer war jetzt der Chinese, der auch die Pässe der Mädchen verwahrte. Wäre ihm eines davongelaufen, die Polizei hätte es wiedergebracht. Doch die Mädchen schätzten den Chinesen, es gab schlimmere als ihn. Das wußte ich von Linda, mit der ich ein bißchen befreundet war. Wir redeten kaum. Solange ich nichts sagte, schenkte sie mir Glauben; Worte waren für sie gleichbedeutend mit Lügen. Sie vertraute nur meinen Gesten. Linda war seit drei Jahren in Bangkok, und in diesen Tagen zeigte ich ihr die Stadt. Wir fuhren zum Ta-Chang-Pier, aßen mit den Kindern, die nach Rückgang der Flut keine Arbeit mehr hatten, kauften für Puan eine Hose und gingen später spazieren. Linda staunte über den Großen Palast und die Banken und das Oriental-Hotel; ich glaube, sie war glücklich an diesem Tag. Abends tanzte sie wieder in der Bi-Bi-Bar, wo sie auch schlief, so wie die anderen. Fragte man sie nach ihrem Beruf, sagte sie »Dancing«, und es klang stolz.

Hätte ich Lust gehabt, wäre sie natürlich mit mir aufs Zimmer gegangen, gegen Geld, das versteht sich. Aber ich war zum Arbeiten da, und ich hatte sie gern. Ich schlief also nicht mit Linda und lernte dafür ein Wort aus ihrer schrecklich schweren Sprache kennen. Es heißt Tschakwau und ist ein etwas grober Ausdruck für die Selbstbefriedigung. Ich nahm ihr das nicht übel, warum auch. Ich kam ja gleich auf den Gedanken, daß es verwendbar sei; solche und andere Zufälle brachten meine Arbeit voran. Ich schrieb jeden Tag, und wenn ich abends in die Bi-Bi-Bar kam, freute sich Linda. Ich setzte mich dann neben sie, rauchte und trank oder sah zu, wenn sie tanzte. Ich vergaß, wer ich war; hin und wieder zahlte mir Ernesto ein Bier, einmal sogar der Chinese. Gingen die Mädchen zu Bett, auf ihre Matten und Decken, ging ich auch. Sie winkten mir nach und riefen Tschakwau. Was wollte ich mehr.

Im Operncafé

In den Kreisen der lebensfroheren Intelligenz erzählte man sich dieser Tage, daß jetzt im Operncafé häufig ein Herr erscheine, an dessen Seite immer wieder Damen mittleren Alters Platz nähmen und mit unbewegtem Gesicht Erzählungen lauschten, die in so leisem Ton hervorgebracht würden, daß auch vom Nebentisch nichts aufzuschnappen sei; von wenigen gelassenen Bewegungen begleitet, habe dieses sanfte Gemurmel offenbar eine Wirkung, der man sich nur mit Ignoranz entziehen könne.

Wochen vergingen, bevor ich mich mit jener Plötzlichkeit, zu der die zaudernde Erwägung einer Tat führen kann, neben den Flüsterer setzte, wie er inzwischen unter den jungen städtischen Berufsmenschen hieß, deren Bühne das Café war. Ein Wort noch zu diesem Zaudern: Ich bin keine Dame mittleren Alters, ich bin ein Mann Anfang dreißig. Früher wollte ich Schauspieler werden, heute gehe ich ins Operncafé. Ich erscheine dort in immer neuen Kostümen, oft erkennt man mich kaum. – Mit einer kühnen Frisur, kunstvoll geschminkt, ganz in Seide gekleidet und die Nägel lackiert, nahm ich aus reiner Neugier neben dem Flüsterer Platz, entschlossen, nur den Kopf zu schütteln oder zu nicken.

Ich aß ein Stück Torte und trank einen Tee und sah in die Spiegel an der Wand vis-à-vis. Ich sah dort mich und fand die Dame zum Verlieben, und ich sah ihn. Er mochte fünfzig sein, und man konnte ihn für einen Literaturkritiker halten, die ja bekanntlich so aussehen, wie sich das Publikum einen Schriftsteller vorstellt. Nach einer Weile trafen sich unsere Blicke im Spiegel, und er begann zu flüstern. »Sie kommen auf meine Anzeige hin?«

Ich schüttelte sachte den Kopf.

»Dann auf Empfehlung.«

Ich nickte und drehte mich etwas, ich sah sein Profil. Er war hager, ohne der Typ des Hageren zu sein; er war ein Mann in einer neuen Rolle, wie mir schien. »Erledigen wir zuerst das Geschäftliche«, sagte er und bewegte kaum die Lippen beim Sprechen. Ich nahm einen großen Bissen Torte, um nicht irgend etwas erwidern zu müssen; er bestellte ein Glas Mineralwasser. Bis es gebracht wurde, fiel kein weiteres Wort mehr. Er trank einen Schluck und wandte mir das Gesicht zu, auf seinen Wangen erschien eine Staffette winziger Falten. »Sie wünschen also, daß ich Ihnen etwas erzähle.« Ich nickte wieder, und er öffnete eine Tageszeitung, die vor ihm auf dem Tisch lag. Ein Vertrag kam zum Vorschein. »Unterzeichnen Sie ihn, wenn Sie einverstanden sind. Ihre Initialen genügen. Es ist ein privates

Abkommen.« Und ich überflog die wenigen Zeilen.

Der Vertrag verpflichtete einen, über das Zugeflüsterte Stillschweigen zu bewahren und auf ein angegebenes Konto binnen zehn Tagen einen bestimmten Betrag zu überweisen. Bei Nichteinhaltung verscherze man sich jeden weiteren Kontakt; man könne sicher sein, wie Luft behandelt zu werden. Das erschien mir, unter den gegebenen Umständen, maßvoll, und ich setzte meine Anfangsbuchstaben darunter. Der Flüsterer legte eine Hand auf das Blatt. Geschickt wie ein Taschendieb ließ er es in seinem viel zu weiten Anzug verschwinden, mit der anderen Hand reichte er mir ein Kärtchen – es gab nichts weiter als die Bankverbindung an. Ich steckte es ein. Eine Gespanntheit wie vor der Liebe ergriff mich. Sie stand in krassem Gegensatz zu der Behäbigkeit um mich herum. Es war die ruhigste Stunde im Operncafé, in das die lebensfrohere Intelligenz erst hineindrängte, wenn in den Werbefirmen und Geldinstituten die Lichter ausgingen. Die Kellner lehnten müßig an der Theke, mit einem Auge sahen sie herüber. Sie erkannten mich nicht; ich erkannte mich selbst kaum. Der Flüsterer strich mit dem Mittelfinger über den Glasrand, ohne den Ehrgeiz, einen Ton zu erzeugen. Ich holte aus meiner Handtasche einen Stift und schrieb auf den Rand der Zeitung: »Was nun?«

»Erzähl' ich Ihnen von der Lust.«

Darauf muß ich ihn ungläubig angesehen haben, denn er sagte: »Oder wünschen Sie etwas anderes zu hören?« Ich schüttelte den Kopf und fing an, das herabhängende Tischtuch zu kneten. Schließlich warf ich ihm einen Blick zu, und wieder strich er über den Glasrand, diesmal mit Ton. »Was schauen Sie so«, flüsterte er. »Kein Mann ist je so angesehen worden ...«

Ich sah woandershin. Er hatte sehr übertrieben, aber es schmeichelte mir; die ersten meiner vielen Bekannten kamen mit großem Auftritt herein. Es waren hochbeinige, mit den teuersten, schimmernden Stoffen bekleidete Inhaberinnen von Modegeschäften und anderen Salons, die gerne über meine Späßchen lachten. Erfolgreiche Frauen mit ledrigen Hälsen und Pflastersteinknien, die mir, bei allen Düften, die sie verströmten, doch den Geschmack am anderen Geschlecht nehmen konnten; es mochte ihnen ähnlich ergehen, was mich betraf, und vielleicht waren wir deshalb Bekannte. Ich lächelte in ihre Richtung, während der Flüsterer ohne einführende Worte von einem Zimmer erzählte, in das wir uns zurückgezogen hätten. Es liege im ersten Stock eines alten Hotels, Straßengeräusche seien zu hören. »Aber Ihr Atem übertönt bald das Stimmengewirr der Passanten. In kurzen Schüben stoßen Sie Luft aus, kleine Schweißperlen erscheinen auf Ihrer Stirn ...« Ich aß die Torte zu Ende, ich versuchte, das Geflüster nicht auf mich wirken zu lassen. Meine Bekannten standen jetzt an der Theke und gaben sich weltstädtisch: es war ein lustiger Anblick; der Flüsterer fuhr unbeirrt fort.

»Sie machen ein Hohlkreuz, ich halte Ihr heißes Gesicht. Meine Hände sind kühl. Sie möchten sprechen, aber sind nicht fähig dazu. Ich nehme Ihre Arme und lege sie Ihnen hinter den Kopf, ich küsse Ihre Achseln. Mit meinen Lippen schreibe ich Ihnen das Wörtchen Glück auf die Haut. Bald reicht es von Ihren Schultern bis zu den Knien. Ich glätte Ihr durchnäßtes Haar. Sie schauen mich an, als trieben Sie auf einen Abgrund zu, immer wieder sagen Sie: Nein. Da richte ich mich auf und breche Ihren Widerstand.« Mir stieg die Röte ins Gesicht. Fast ohne Stimme hauchte ich: »Womit?«

»Mit der Überlegenheit meines Alters.«

Ich tupfte mir die Lippen ab und betrachtete ihn. Ein großer Ernst umgab diesen Mann. Er war eine geordnete Erscheinung, im Gegensatz zu all den anderen im Operncafé – ob es die Werbebürschchen waren in ihren Leinenanzügen oder die Autoverkäufer mit Nadelstreifen und Tüchlein, die Frisörgehilfen mit Fliege: sie alle machten sich zum Narren (ich war ihr Obernarr). Daran dachte ich, während er bereits weiter erzählte. »Wir beide wissen, daß es keinen zweiten Versuch gibt. Gemeinsam müssen wir durch ein Nadelöhr, für das jeder alleine zu groß wäre in seiner Begierde. Nur wenn wir einen Augenblick lang alles aufs Spiel setzen, schaffen wir es vielleicht. Noch kontrolliere ich mich und schenke Ihnen damit Zeit; auch darin zeigt sich die Überlegenheit meines Alters. Doch ich lasse Sie auch fühlen, daß ich mich jederzeit vergessen könnte. Ich halte Sie in dieser Schwebe, längst glänzt ihr ganzer Körper. Ab und zu reden wir leise. Jedes unserer Worte ist wie eine zusätzliche, geschickte Berührung. Wir verzichten auf alle Kosenamen für mein Geschlecht. Wir nennen es Schwanz. Unsere Bäuche entzweien sich und haften erneut aneinander, dabei entstehen Geräusche, die zum Lachen reizen. Sie greifen mir blind ins Gesicht. Ihre Nägel schleifen meinen Rücken. Sie reißen den Mund auf, und ich bedecke ihn sanft. Von der Straße dringt der Ruf eines Bettlers nach oben; unser Hotel liegt in einer heruntergekommenen Hauptstadt. Sie erstarren für einen Moment, auch ich halte inne. Dann genügt eine einzige schwache Bewegung, und ich spüre das Verkrallen Ihrer Finger. Eine Elektrische fährt unten vorüber und erschüttert den Boden. Ihre Zähne schließen sich um meine Hand. Ich dämpfe Ihren Schrei ...«

Er sah mich an und strich mit den Daumen über

das Tischtuch. Er verstand sich auf die Kunst einer Pause. Wer er sei, wollte ich fragen, aber fand keine Worte. Es war so, als wären alle Worte bei ihm und alle Sprachlosigkeit bei mir. Er fuhr fort. Ein Strom leiser, musikalischer Sätze drang in mein Ohr. Ich schloß die Augen. Ich vergaß den Vertrag, ich vergaß, daß ein Mann zu mir sprach. Als käme all das aus dem Mund einer bezaubernden Frau, so verwirrte es mich. Ein lautes, unverwechselbares Lachen eines meiner Bekannten – er hat mit Wertpapieren zu tun – klang wie aus weiter Ferne. Ich war ganz woanders, in diesem Hotel, fast atemlos … »Sie ringen nach Luft, ich streichle ihr Haar. Der ganze Nachmittag liegt noch vor uns. Wir schweigen und keuchen. Sie haben diesen aufwärts gerichteten Blick eines Menschen, der sich weigert, seinen Traum aufzugeben. Sie träumen von der vollkommenen Lust, einem Versinken darin. Ich berühre ihr Knie, Sie murmeln Ungereimtes; Kissen und Bettuch liegen längst auf dem Boden. Die Haut über Ihren Brüsten ist wie das Fell einer Trommel gespannt. Kleine, helle Schaumflocken liegen auf ihren Lippen. Sie stoßen einen rauhen, fast männlichen Ton aus. Und ich umarme Sie mit all meiner Kraft. Auf dem Trottoir schreien Losverkäufer ihre Nummern. Es ist drückend heiß in dem Zimmer. Sie bäumen sich auf. Fünf, sechs, sieben Herzschläge lang sind Sie nur mehr ein Geschöpf, das sich auflöst. Ich betrachte Sie jetzt aus einer gewissen Distanz. Ich sehe, wie Sie sich vergessen. Dann geht ein Flattern durch all Ihre Muskeln, und Sie erschlaffen. Blässe überzieht Ihr Gesicht, es nimmt einen kindlichen Zug an. Sie beginnen zu frieren, so erschöpft ist Ihr Körper; Sie fragen mich nach meinem Namen. Ich flüstere ihn, und Sie wiederholen ihn leise. Kurz darauf kommt die Eintönigkeit. Sie hat keine Vorboten, sie ist plötzlich da. Und Sie wenden sich der Wand zu, während ich mir Gesicht und Hände abtrockne. Mein Blick fällt auf die Vorhangfalten. Wie spät mag es sein, frage ich mich. Um gegen meine Müdigkeit zu kämpfen, komme ich auf Ihre Gefühle zu sprechen. Ich möchte wissen, was Sie für mich empfinden. Und zur Wand hin antworten Sie: Nichts . . .«

»Das würde ich nie sagen.«

Diese Worte waren mir herausgerutscht, zwar nicht mit tiefer Stimme, aber auch nicht im Ton einer Frau. Der Flüsterer sah mich an. Sein Gesicht trug Spuren von Schlaflosigkeit, das fiel mir jetzt auf. »Erzählen Sie, oder ich?« fragte er nur, gleichzeitig spürte ich etwas Warmes. Seine Hand ruhte auf meinem Arm: davon war im Vertrag nicht die Rede gewesen. Er lächelte für einen Moment, und die Art, wie seine Lider dabei schwer wurden und dem Blick etwas Gebrochenes gaben, sagte mir, daß er diesem sonderbaren Gewerbe nur nachgehen konnte, weil ihm die Frauen nichts oder nichts mehr bedeuteten. Er schien sie alle zu verachten, nachdem er eine von ihnen vergeblich geliebt hatte. Mit dem kleinen Finger schob er seine weiße Manschette zurück. Es war eine eingefleischte Bewegung. Er trug keine Uhr, doch sah man einen hellen Hautstreifen rund ums Gelenk. Er hat sie versetzen müssen, die Uhr, schoß es mir durch den Kopf: er ist völlig am Ende, nur seine Sprache konnte er retten.

»Ist die Geschichte fertig?« fragte ich leise.

Er sah mir in die Augen, und ich schloß sie. Deutlich hatte ich das Hotelzimmer vor mir. Seine ersten Worte hörte ich kaum. Dann hob er die Stimme, als seien wir allein. »Es ist dunkel geworden, und ich bestelle ein Essen für uns. Meeresfrüchte und eine Schale mit Obst, frischgepreßten Saft aus Orangen, zwei klare Fleischbrühen. Ein junger Kellner bringt es aufs Zimmer, er kommt und geht geräuschlos. Wir essen im Bett. Anschließend sinken wir in einen Schlummer. Der Lärm des Nachtverkehrs weckt uns auf. Über uns steht die Luft. Ich greife um deine Hüften, es dauert nur Sekunden, bis wir vereint sind. Wir sprechen jetzt nicht mehr. In die lauter gewordenen Rufe der Bettler mischt sich dein Jetzt ... Ich halte dich, bis es verklingt.

Wir liegen nebeneinander. Gehen wir noch in die Nacht, schlage ich vor.« Er leerte sein Glas, und ich nickte. Ich hatte keinen anderen Wunsch, als mit ihm aufzubrechen und in die Nacht zu gehen und irgendwann zurückzukehren in dieses Hotel. Bis ich die Augen öffnete, bis ich ihn fragte: »Wer sind Sie?«

»Das gehört hier nicht hin.«

Er lächelte wieder, und dieses Lächeln galt dem Mann in mir; ebenso wie ich schien er jetzt nicht mehr Komödie zu spielen, und sein Gesicht kam mir plötzlich bekannt vor. Ich erglühte in der Überzeugung, neben einem namhaften Menschen zu sitzen, der seine Haut gewechselt hatte. Die Hand auf meinem Arm wurde schwerer.

»Waren Sie zufrieden mit meiner Geschichte?«

Ich winkte dem Ober. Zum zweiten Mal versuchte ich Zeit zu gewinnen. Meine Antwort sollte wohlüberlegt sein. Denn ich war mehr als zufrieden. Ich war verliebt. Und sicher spürte der Flüsterer meine Schwäche für ihn, ließ es mich aber nicht wissen. Er besaß Takt, auch das unterschied ihn von all den anderen im Operncafé. Er erschien mir jetzt wie ein Mensch, der voller Gelassenheit auf den verfehlten Aufbau seines Lebens sieht. Der Ober kam an den Tisch. Ich verlangte nach trockenem Wein. Die Abendzeitung wurde angeboten. Schlagzeilen sprachen von zahllosen Toten, es berührte mich nicht:

weder er noch ich waren darunter, so mein Gedanke. Ich sah zur Theke. Eine seltsame Stille herrschte im Operncafé, als seien an allen Plätzen die Gespräche abgerissen. Von den Frauen mit den ledrigen Hälsen kamen schamlose Blicke. Ich hatte zu keiner nahen Kontakt, aber jede brüstete sich mit Vertrautheit zu mir – und das, obwohl sie mich mit halber Seele abstoßend fanden. Aber so ist das Leben. Ich äffte sie nach, indem ich die Wildheit meiner Frisur überprüfte; alle waren sie in ständiger Sorge um ihr verwegenes Haar-Arrangement.

»Ihre Geschichte«, sagte ich, »war sehr schön.«

»Sie ist zu Ende.«

»Ich meine, sie hat noch gar nicht begonnen. Ich möchte wissen, wer Sie sind. Haben Sie Vertrauen.«

»Würden Sie mich nach Hause begleiten?«

Der Ober brachte mir den Wein. Ich trank einen Schluck, ich sagte, ja. Und der Flüsterer faltete die Hände im Nacken und nannte mir seinen Namen.

Ich stellte das Glas ab. Wieder erglühte ich, diesmal in dem Bewußtsein eines gewaltigen Fundes. Er war jener schillernde Mann, dessen private Großbank vor etwa drei Jahren wie eine Seifenblase geplatzt war, nachdem er sie, allein durch Redebegabung und eine lächerlich hypnotisierende Wirkung auf die sonst so nüchternen Vertreter seines Berufstands, binnen kürzester Zeit in schwindelerregende Bilanzhöhen geführt hatte – damals Tagesgespräch im Operncafé. Zwei Jahre war er eingesessen, und niemand erkannte ihn wieder. Aus dem aalgewandten Machtmenschen von damals war ein feinnerviger Erzähler der Ohnmacht gegenüber den Lüsten geworden; er schien nichts weiter als seine klare Sprache behalten zu haben. Wie er zu diesem neuen, leisen Gewerbe gekommen sei, fragte ich ihn.

Er habe nur ein einziges Talent, war seine Antwort – mit nichts als Worten aus dem Nichts etwas zu schaffen. Dieses Talent für die Geldvermehrung zu nutzen, sei ihm auf Lebenszeit verboten worden. Also nutze er es nicht mehr zur Gewinnung symbolischer Lust, sondern unmittelbarer. Und verdiene daran. Aber nun sollten wir gehen. Es sei schon zu voll hier.

»Sie müssen noch weitererzählen ...«

»Die Geschichte ist aus.«

»Dann überlegen Sie sich eine Fortsetzung.«

»Alle Geschichten enden, wenn man sie zu lange fortsetzt, mit dem Tod. Lieber nicht.«

Ich zweifelte an seinen Motiven. Ich hielt es für möglich, daß er aus Geschmacksgründen schwieg. Denn wie sollte er das Gesagte noch steigern, wenn nicht mit Widerlichkeiten? Ich

fragte ihn, ob er jeder Dame das Gleiche erzähle.

»Es gibt Varianten. Doch enden alle an der glei-
chen Stelle. Das muß an meiner Lebenserfahrung
liegen ...«

»Hatten Sie nicht eine sehr anmutige Frau?«

»Sie hat sich scheiden lassen.«

»Warum?«

Wieder wurde seine Hand auf meinem Arm etwas schwerer. Ich hakte nicht nach. »Und nun
leben Sie alleine?«

»In einer Pension. Aber Sie sollten mich besser
nicht dorthin begleiten. Mir ist wirklich nur mein
Talent geblieben. Am besten, Sie begleiten mich
gar nicht; es war kein guter Vorschlag von mir.
Vergessen Sie ihn.«

Ich sagte dazu nichts, und er fügte hinzu, er sei
noch nicht wieder genug gegen sich selbst gepol-
stert, um den Tücken einer Beziehung begegnen
zu können. Nach seiner Entlassung habe er sofort eine neue Ehe gesucht, in der Hoffnung, sein
in der Haft entwickelter gleichgültiger Blick auf
das Leben verliere sich an der Seite einer Frau auf
natürliche Weise. Anfangs hätten ihm alleinste-
hende Damen auf der Basis einer vorsichtig for-
mulierten Heiratsanzeige zugehört; seine Erzählungen, entstanden aus Gefängnisphantasien,
seien nichts weiter gewesen als ein Test ihrer
Ansprechbarkeit; durch Indiskretion und Mund-

propaganda sei eine Erwerbsquelle daraus geworden. Und eine letzte Verbindung zum anderen Geschlecht. Allerdings ennuyiere ihn diese Tätigkeit längst.

Woran das liege, fragte ich. Weil es so einfach geworden sei, erwiderte er. Für jede Situation habe er inzwischen die passenden Worte; leider fuße die Lust nun einmal auf Wiederholung. Er sehne sich nach Neuem ...

»Stellen Sie sich vor, wir wären zusammen in Ihrer Pension.«

»Es ist eine sehr billige Pension ...«

»Lassen Sie sie etwas eleganter werden. Große, weiche Betten, schwere Vorhänge; Stuck.«

»Ein schöner Gedanke.«

»Und seit Stunden liegen wir nebeneinander.«

Er lachte kurz und tonlos, und mir fiel auf, daß er die Neigung zum Tränen-Lachen besaß; mit beiden kleinen Fingern nahm er die Nässe von den Lidern. Dann fragte er: »Wo waren wir stehengeblieben?«, und ich antwortete: »bei der Eintönigkeit.« Worauf er die Augen schloß und seine Hände faltete und die Lippen bewegte, noch ehe er sprach.

»Sagen wir besser: der Müdigkeit. Wir waren bei der Müdigkeit stehengeblieben; es ist Nacht. Sie liegen auf dem Bauch, die Stirn tief im Kissen, ich sitze neben Ihnen und atme den Duft Ihrer Haut. Obwohl wir uns zweimal geliebt haben, ist unsere Intimität noch nicht gefestigt. Wir vermeiden das Du. Ich küsse Ihren Rücken. Sie seufzen ...« Und er sah mich kurz an, und ich seufzte – ich konnte nicht anders. Dann zog er unseren Vertrag aus dem Anzug und zerdrückte ihn langsam, während er fortfuhr, mit angehobener Stimme. Niemand außer ihm redete jetzt im Operncafé. Ich nahm eine Serviette und wischte mir das Rot von den Lippen, ich wählte das Lächeln, mit dem ich am meisten Erfolg habe bei Menschen; ich kämmte mir das Haar aus der Stirn. Die Gesichter erstarrten. Man begann mich zu erkennen, mich und auch ihn. Den Abgefeimtesten meiner Bekannten stand plötzlich der Mund auf. Sie glaubten es nicht. Mein neuer Freund sprach jetzt zu allen. Er zog seinen Schlußstrich, das spürte jeder. Er führte das Du ein. »Dein Kreuz«, rief er, »wird hohl. Du greifst nach hinten, und unsere Hände berühren sich, du öffnest dich mir. Ich küsse dich, wo dich noch niemand geküßt hat ...« Er machte eine Pause, das Café hielt den Atem an. »Ihr aber könnt *mich* am Arsch lecken«, schloß er und begann in einer Weise zu lachen, die jede soziale Wiederanknüpfung unmöglich machte. Er bellte fast, und ich stimmte mit ein, wir waren die Hunde, die sich losgerissen hatten.

Und was dann, möchten Sie wissen – was geschah dann? Nun, das Publikum war wie ge-

lähmt. Den jungen städtischen Erfolgsmenschen
fehlten die Worte. Ich sah in blanke, sture Augen
und kam allmählich wieder zu mir. Es war so
still, daß man die Passanten vorbeigehen hörte.
Noch außer Atem und heiß im Gesicht, erfaßte
ich doch jede Kleinigkeit – die wandernden
Adamsäpfel in den ledrigen Hälsen, die verhärte-
ten Hände, das feine Klingeln von Schmuck, die
Gänsehaut unter den Kettchen. Angespien von
einem Ex-Bankier und einem Narren wie mir
standen und hockten sie da, auf die gewöhnlich-
ste Weise empört. Ich sah nichts als bedrückende
Dummheit, die Scherben einer lebensfroheren
Intelligenz. Mein Freund legte Geld auf den
Tisch und erhob sich. Er bot mir den Arm, wir
schritten an der Theke vorbei. Niemand sagte ein
Wort, keine Hand rührte sich, jeder wich meinem Blick aus. Erst vor der Tür, im Freien,
glaubte ich Stimmen zu hören – eine Welle der
Erregtheit, die sich auf wunderbare Weise mit
meiner Art von Erregung verband. Wir gingen
ohne zu sprechen; er, ganz alte Schule, rechts
von mir, ich, nach Frauenart, an seinem Arm; ab
und zu lachten wir noch, aber sehr leise.
Die Pension lag in der Nähe des Bahnhofs. Vor
dem Eingang reichten wir uns förmlich die
Hand. »Leben Sie wohl«, sagte ich und schlug
einen Haken. Ich floh geradezu. Sein Zimmer
stellte ich mir klein und feucht vor; auf dem

Kopfkissen läge vielleicht ein Riegelchen Scho-
kolade, das hätten wir sicher geteilt. Ich fühlte
keine Traurigkeit in mir, nein, es war gut so.
Etwas idiotisch war nur diese Art von Erregung.
Sie klang einfach nicht ab.

Ich weiß nicht, wie man erzählt, was ist eine Geschichte? Wer spricht? Vor kurzem wurde ich sechzig: seit zwanzig Jahren brüte ich Geschichten aus, die andere für erotisch halten. Früher hielt man auch mich für erotisch – noch heute zehre ich von dieser Überschätzung. Denn ich erinnere mich nicht, daß ich irgendwann selbst erlebt hätte, was später auf dem Papier stand; stets handelt es sich indessen um Begebenheiten, von denen ich entweder hoffe, daß sie mir widerfahren, oder es fürchte.

In der Regel umfassen meine Geschichten zehn bis zwölf Schreibmaschinenseiten und erzählen von kurzen und zufälligen Begegnungen zwischen Mann und Frau. Dabei kommt es nie zu einem Geschlechtsverkehr, aber in jedem Fall besteht Anlaß zur Hoffnung. Aus dem Unvorhergesehenen der Begegnung und dem Erscheinungsbild der Frau (sie ist meistens von komplizierter, verwirrender Schönheit) ergeben sich für den Mann (der alles sein darf, nur kein Schriftsteller) plötzlich Winke; und durch ein weiteres Moment – vielleicht die Räumlichkeit oder eine bestimmte Redefigur, ein Stückchen Garderobe oder entblößte Haut, ein an sich läppisches Detail – gerät die ganze Begegnung ins Wanken.

Ist die Geschichte vorläufig fertiggestellt, sende ich sie an ein bekanntes Magazin und warte. Nach einigen Tagen erhalte ich einen Anruf vom zuständigen Redakteur. Hat ihm mein Stoff grundsätzlich gefallen, so weist er mich auf bestimmte Stellen hin, die man verbessern könnte. Fast immer geht es dabei um den Schlußteil der Geschichte, also um den sogenannten Höhepunkt der Handlung, der in diesem Fall auch der Höhepunkt an erotischer Wirkung sein sollte – für nichts anderes bezahlt man mich ja. Ich wende dann jedesmal ein, daß es nicht leicht sein wird, hier noch Steigerung zu erzielen, ohne ins Geschmacklose abzurutschen. Aber der junge Redakteur glaubt an mein Fingerspitzengefühl. »Sie machen das schon«, sagt er.

»Was heißt machen – ich muß es schreiben.«

»Natürlich, natürlich – und zwar etwas schärfer, wenn's geht.«

Damit sind diese Telefongespräche beendet, und ich setze mich an den Schreibtisch. Vor mir liegen die kritischen Seiten. Ich soll aus einem scharfen Text einen schärferen machen, um nichts anderes geht es. In diesem Vorgang steckt Komik; schon die Bitte: Etwas schärfer, wenn's geht, klingt nach Boulevard. Dagegen muß ich mich wehren. Die Erotik ist ernst, sie bewegt sich am Rand eines Abgrunds – worauf es ankommt, ist noch ein Schrittchen zu tun. Die

Erotik ist aber auch leicht, indem sie den Abgrund an ihrer Seite geschickt überspielt. Auf beides zielt mein vorhandener Schluß bereits hin.

Dieser Schluß ist die Zuspitzung einer Geschichte mit dem Titel *Neugier*. Ein Mann geht ins Café und findet auf dem Nebenstuhl einen liegengelassenen Block. Er nimmt ihn an sich und blättert darin. Der Block enthält nichts als eine ins Auge springende Bleistiftzeichnung mit dem Vermerk: »Nach C. S.« Im Innersten angesprochen von dem Motiv, ruft der Mann nach dem Ober, um das Fundstück wie eine heiße Ware loszuwerden. Kurze Zeit später tritt eine junge Frau an den Tisch. Sie ist von provozierender Kühle und veranlaßt den Mann zu der Frage, ob sie vielleicht einen Skizzenblock suche. Ihre Erscheinung und die Art, wie sie verneint, lassen ihn annehmen, daß sie lügt. Sie setzt sich zu ihm, und je länger er sie betrachtet, desto überzeugter wird er, daß die unerhörte Zeichnung von ihr stammt. Er verschüttet sein Bier, es kommt zu einem Gespräch. Dabei erwähnt der Mann die Skizze, und die Unbekannte fordert ihn auf, sie ihr zu beschreiben. Er zögert, wodurch die Neugier der Frau nur gesteigert wird. Endlich entschließt er sich, und mit seiner Bildbeschreibung beginnt jener Schlußteil, der verschärft werden soll –

»Es war eine feine, mit wenigen durchgehenden Strichen ausgeführte Bleistiftzeichnung. In der Mitte des Blattes lag eine Frau auf dem Rücken, mit etwas abgewinkelten Beinen. Sie trug leichte Straßenschuhe und einen schlichten, knielangen Rock. Rittlings auf ihrem Gesicht saß eine zweite Frau, die nur Strumpfhalter und ein Leibchen anhatte und von der ersten Frau zwischen den Beinen liebkost wurde. Die Liegende hatte eine Hand auf dem Schenkel der Liebkosten, die mit vorgebeugtem Oberkörper über ihr kniete. Beide Arme der Knienden waren zu ihrem gespreizten Schoß hingestreckt, die Hände verschwanden darunter. Offenbar hielten sie den Kopf der Liegenden fest, um den Genuß zu regulieren. Die Liebkosende wirkte durch ihre Beinstellung gelöster als die Liebkoste; zusammen gesehen, erweckten sie den Eindruck eines illusionslosen Paares. Von anderer Seite wurde dieser Eindruck noch unterstrichen. Einmal durch ein weiteres Paar am Rande der Zeichnung, ferner durch den Hinweis auf einen abwesenden Dritten. Links oberhalb der beiden Frauen sah man ein künstliches Glied, mit Hodenteil und Schnallen, beschnuppert von zwei schwarzen Katzen, einem alten Gespann, wie es schien. Ihre Kopfhaltung gab einem das Gefühl, sie unterhielten sich über die sonderbare Prothese und seien gleicher Meinung. Jede der beiden Frauen wirkte dagegen, als sei sie für sich, die eine beim Liebkosen, die andere in gespannter Erwartung der Lust – ihr Mund war fest verschlossen, in den kleinen, auf den Boden gerichteten Augen lag Resignation.«

Der Mann holte Luft; er staunte über sich selbst: wie genau sich ihm das Bild eingeprägt hatte. »Warum Resignation?« fragte die Frau, von der er immer noch annahm, daß sie nur ihren Block suche. »Das müßten Sie doch wissen«, erwiderte er. »Oder haben Sie sich beim Zeichnen gar nichts gedacht?« Durch die Schultern der Frau ging ein Beben, sie lachte mit geschlossenem Mund. Und der Mann sagte: »Da war auch ein Hinweis auf dem Blatt: Nach C. S. Was hat das zu bedeuten?«

»Vielleicht, daß diese Zeichnung eine Kopie ist. Nach einer Vorlage von einem Mann, der die Initialen C. S. hat.«

»Wieso muß es ein Mann sein?«

»Weil es mich sonst kaum so berührt hätte«, entgegnete die Frau und stand auf. Wohlerzogen wie er war, stand der Mann ebenfalls auf. »Sie gehen schon? Wohin?« – »Ich gehe nach Hause.« – »Und was werden Sie tun dort?« Die Frau legte sich eine Haarsträhne über die Lider. »Ich weiß es noch nicht. Aber vielleicht wissen Sie es. Was werde ich tun?« Und der Mann, der jetzt nicht mehr glaubte, eine Künstlerin vor sich zu haben, dachte sofort, daß sie sich zu Hause auf den Boden knien würde, vor ihrem inneren Auge die Zeichnung, und suchte noch nach Worten dafür, als ein hochgewachsener, schmaler Junge mit Schläfenlocken und breit geschwungenen Nasenlöchern hinzutrat und einen Blick auf den Stuhl warf, auf dem der Skizzenblock gelegen hatte. Ein dunkler Schopf fiel ihm über die Stirn, er strich ihn zurück und sah auf, sein Atem ging schnell. Der Mann gab dem Ober ein Zeichen, der Ober brachte den Block; der Junge streckte die Hand danach aus. Er lächelte für einen Moment.

»Das gehört Ihnen?« fragte der Mann.

»Er dachte nämlich, es gehöre mir«, sagte die Frau.

»Aber ich erkenne Sie wieder«, bemerkte der Ober, »Sie saßen hier und zeichneten.«

Und der Junge nickte und fuhr sich erleichtert übers Gesicht. Dann ergriff er den Block, und die Frau legte ihm eine Hand auf den Arm. »Ich möchte, daß du mich zeichnest«, sagte sie rasch, und der Junge lächelte wieder. Die beiden verschwanden ohne ein Wort. Der Mann aber sah ihnen nach und zitterte plötzlich.« –

Damit endet meine Geschichte in der vorhandenen Fassung. Die Zuspitzung auf den Schluß hin läuft über drei Passagen – Beschreibung der Zeichnung, Gespräch im Anschluß daran, Auftritt des Jungen. Die drei Abschnitte fußen aufeinander, Grundlage ist die Beschreibung und hier vor allem der Kernsatz: »Rittlings auf ihrem Gesicht saß eine zweite Frau, die nur Strumpfhalter und ein Leibchen anhatte und von der ersten Frau zwischen den Beinen liebkost wurde.« Ich mache nun nach Anhatte einen Punkt und streiche den Rest. Daraus ergeben sich Konsequenzen. Ich ändere auch den folgenden Satz und füge einige Worte hinzu. Jetzt heißt es: »Eine Hand der Liegenden ruhte auf dem Schenkel der anderen, die mit weit vorgebeugtem Oberkörper über ihr kniete. Dabei machte sie ein Hohlkreuz. Ihr runder Po und ihr spitzes Gesicht ragten als Gegensätze jeweils ins Leere.« Und so weiter. Doch worin liegt die Verschärfung, was ist der Effekt?

Das Wort Liebkosen ist zurückgestellt worden, es taucht nun erst in der erweiterten Bemerkung auf: »Die Liebkosende wirkte durch ihre Beinstellung und eine Falte im Rock gelöster als die Liebkoste.« Dazu kamen der Hinweis auf den Gegensatz im Ausdruck von Po und Gesicht sowie die Feststellung, daß diese beiden Teile des Körpers jeweils ins Leere ragten. Und das eröffnet einen neuen Blick: Beiden Frauen fehlt der sichtbare Halt, ein Bett oder die nackte Erde, und so gesehen spürt man, daß der einzige Angelpunkt des Motivs im Verborgenen bleibt –

Mund, Nase und Augen der Liebkosenden, die im Geschlecht der Liebkosten vergraben sind wie in einem Kissen. Diese unsichtbare Nahtstelle zwischen den Frauen ist vorher mit keiner Silbe erwähnt worden; doch als leeres Zentrum stellt gerade sie den Ort der Erotik dar, sowohl im Erleben als auch im Text. Es ist der einzige Punkt in der Zeichnung, der die Phantasie blühen läßt. Als etwas Verborgenes wäre er in der Bildbeschreibung fehl am Platz – ich mache ihn zum Bestandteil des Gesprächs, das sich anschließt. »In ihren kleinen, auf den Boden gerichteten Augen lag Resignation«, mit diesen Worten endete der Mann, und nun lasse ich es so weitergehen –

»Warum Resignation?« fragte die Frau, die mit unbewegtem Gesicht zugehört hatte. »Vielleicht ist das Ihr eigenes Empfinden. Denn bis auf das künstliche Glied haben Sie ja nichts verloren in der Zeichnung. Im Grunde enttäuscht Sie dieses Motiv. Was Sie zu sehen wünschen: die Berührungsstelle zwischen den Frauen, wird ihrem Auge vorenthalten. Wie eine Maske bedeckt das Geschlecht der knienden Frau das Gesicht der unter ihr liegenden; was sieht sie da über sich? Was schmeckt sie? Was riecht sie? Was tun ihre Lippen? Und was spürt die andere? Sie können sich davon keine Vorstellung machen. Sie resignieren.«

»Und Sie besitzen diese Vorstellung«, erwiderte der Mann, »und das, weil die Zeichnung von Ihnen stammt.« Durch die nackten Schultern der Frau ging ein Beben, sie lachte mit geschlossenem Mund. Der Mann hob auf einmal die Stimme. »Oder sind Ihnen die Initialen C. S. etwa fremd?« Es wurde still in dem Café, die Frau begann zu flüstern. »Diese Zeichnung ist eine Kopie. Es sind die Initialen des eigentlichen Künstlers.« Sie lächelte und erhob sich, der Mann stand ebenfalls auf; er spürte die Blicke der Gäste. »Sie glauben nicht, daß es auch eine Künstlerin gewesen sein könnte?« – »Dann hätte es mich kaum so erregt«, versetzte die Frau und suchte nach Trinkgeld. Der Mann sah ihre schlanken Finger, die in den Münzen wühlten. »Was werden Sie jetzt tun?« – »Ich gehe nach Hause.« Sie zog einen Schein zwischen Münzen hervor und legte ihn auf den Tisch. »Und dort?« – »Nun, was glauben Sie, was werde ich tun?« Der Mann wiegte den Kopf; er war noch ganz verwirrt von der Frage, als ein hochgewachsener Junge hinzutrat ...« Und so weiter.

Die Passage ist länger geworden, alles Wesentliche kommt nun aus dem Munde der Frau. Sie spricht das Verborgene aus und bezeichnet damit das Unmögliche. Sie stellt die Falle der Erotik, und der Mann tappt hinein; wortlos bringt sie das Thema Geld ins Spiel und baut ihm mit ihrer

Frage, was sie seiner Meinung nach zu Hause tun werde, eine schwankende Brücke. Doch ehe er antworten kann, tritt der vergeßliche Kopist dazwischen. An den folgenden Schlußsätzen gibt es nur wenig zu ändern – »Das gehört Ihnen?« bemerkte der Mann, worauf der Junge die Augen schloß und sich erleichtert übers Gesicht fuhr; die Frau ergriff seinen Arm. »Ich will, daß du mich zeichnest«, sagte sie nur, und der Junge blickte sie an, und schon gingen die beiden davon. Der Mann sah ihnen nach und zitterte; er hielt noch den Block in der Hand.«

Ich lasse also die Zeichnung bei ihm, der Junge vergißt sie ein weiteres Mal. Seine Augen sehen nichts als die Frau, von der nun jeder annimmt, daß sie sinnlich sei. Den geänderten Text bringe ich sofort auf die Post, und wenige Tage später ruft mich der junge Redakteur wieder an. »Also ich habe Ihre Seiten gelesen. Ja … Ja … Doch. So ist es besser. Auf dem Punkt.« Und ich zu ihm: »Wenn Sie mir dann bald meinen Scheck …« Und er zu mir: »Nur vielleicht eine Kleinigkeit noch – der Titel, nicht wahr, dieser Titel … ist blaß.«

Ich: »Wieso blaß?«

Er: »Kein – wie soll man es sagen …« (Er schnippt mit den Fingern.) »Also in jedem Fall: Etwas schärfer, wenn's geht.« Und weil die Zeit drängt, macht er mir gleich einen Vorschlag, und ich stimme dem zu, und der ganze Text ist damit gestorben; ich weißhaariger Kerl aber lebe.

Die Frau hinter der Tür

Ich hatte mir vorgenommen, nie darüber zu sprechen. Es begann mit einem der üblichen Anrufe nach meiner Sendung – irgendeine Frau, die mir aus ihrem menschenleeren Leben erzählte, jedoch Glück hatte, daß ich im Begriff war, etwas zur Einsamkeit vorzubereiten, ihr also lauschte mit Engelsgeduld, ja sogar Fragen stellte und einen Ton anschlug, der mir später, als ich den Mitschnitt abhörte, ganz und gar unüblich vorkam, geradezu warm – und endete damit, daß ich zum Töten ausholte.

Zwei Tage nach diesem Anruf klopfte es abends an der Tür meiner Wohnung, mehrmals und sanft. Ich stand vom Sofa auf. Seit Jahren lebte ich allein, ohne Kontakte im Hochhaus; von meinen Bekannten besaß niemand einen Schlüssel zum Eingang. Nach kurzer Pause klopfte es erneut. Ich sah durch den Spion – jemand stand im Dunkeln vor meiner Tür.
»Wer ist da?« rief ich. »Das wissen Sie doch«, erwiderte eine Stimme. Und ich löschte das Licht in der Diele, als könnte ich mich damit selbst auslöschen. »Was wollen Sie . . .« Es kam keine Antwort, aber ein Kratzen drang durch das Holz, wie von Fingernägeln. »Machen Sie auf,

was soll dieses Zögern? Ich sehe doch, wie alleine Sie sind.« Wer sie ins Haus gelassen habe, fragte ich und berührte die Klinke. »Ist das wichtig? Wichtig ist, daß ich jetzt bei Ihnen bin. Oder stört Sie das?« Ich nickte und schwieg; auf Zehenspitzen lief ich in den Wohnraum. Nur nicht laut werden, sagte ich mir. Mein Blick ging aus dem Fenster, über die Stadt. Da klingelte es, und ich verfluchte mich leise. Die Frau, die mich im Sender angerufen hatte, war vor der Tür.

Ein paar Momente lang blieb alles ruhig, ruhig bis auf meinen Atem. Dann hörte ich sie reden – es klang, als stünde sie schon in der Diele. Sie sei so lebendig, sagte sie, eine der lebendigsten Frauen überhaupt; viele wünschten ihr den Tod, so sprühe sie vor Leben! Ich wandte den Kopf um. »Von mir aus können Sie so lebendig sein, wie Sie wollen, nur gehen Sie jetzt bitte!« Es klingelte wieder, und sie rief mich beim Namen, sagte, ich sei ja am Ende ... Darauf kehrte ich langsam zur Diele zurück, jedes meiner alten Möbel berührend. Ich sammelte Einzelstücke. Solides in Kirsche und Ahorn. Es klingelte ein drittes Mal.

Meine Menschenkenntnis sagte mir, daß diese Frau auch vom Äußeren her abstoßend sei; etwas, das ungewöhnlicher war als mein Ich, ließ mich das Gegenteil glauben. Ich streifte den Garderobenständer, es gab ein helles Geräusch: Wo

Stock und Schirme hingehörten, waren meine Golfschläger abgestellt.

»Wieder da?«

Ich wollte schon Ja rufen, aber da fragte sie, warum ich so anders als am Telefon sei, so ungeduldig ... »Ich bin nicht ungeduldig, was soll das heißen?« Sie lachte – erst leise, dann laut, lachte mir gleichsam ins Gesicht, als gäbe es keine Tür mehr dazwischen, und ich zwang mich zu vernünftigem Ton. »Gehen Sie doch bitte jetzt«, sagte ich. Da klopfte es mit aller Härte, sechs- oder siebenmal. »Hier ist Ihr Publikum. Machen Sie auf!« Ich schwieg und zählte die Sekunden. Eine halbe Minute verstrich. Dann kratzte sie wieder. »Wissen Sie, was ich getan habe seit diesem Anruf? Ich bin allein und unbewaffnet durch die Stadt gelaufen. Ich habe schwarze Farbe und Pinsel gestohlen, um meine Wohnung zu streichen; die Leute kennen mich hier nicht, sonst würden sie mir alles schenken. Wer mich kennt, der liebt mich.« Ich faßte mir an den Kopf und stieß in abfälliger Weise Luft durch die Nase – »Was denn? Was denn?« rief sie, »bin ich verrückt?« – »Es könnte schon sein.« – »Das sagen Sie nur, weil die Sprache es zuläßt!« Und wieder klopfte sie und schien sich an der Tür zu wetzen. »Sie, ich habe einen Körper, ich weiß es.« – »Dann verschwinden Sie mit diesem Körper!«

Ein feiner Strahl fiel durch den Spion. Sie hatte Licht gemacht im Flur. Und so zögernd, als müßte ich einen Toten anschauen, brachte ich ein Auge an die Öffnung und sah nichts als ein anderes Auge, groß wie ein Ei. Sie kniff es zusammen. »Keine Angst, ich will Sie nicht ansehen. Ich sehe Sie doch jeden Dienstag ... Warum sagen Sie nichts? Auch so traurig, da drüben? Daß der Mensch Liebe braucht, ist doch beschämend, nicht wahr; wie denken Sie darüber?« Ich legte meine Hände aufeinander, wie vor Beginn jeder Sendung, und trat in die Mitte der Diele. »Nehmen Sie Vernunft an«, rief ich. »Gehen Sie jetzt weg!« – »Und warum?« Sie fragte das in aller Ruhe, und ich erwiderte, darum. Es sei vollkommen sinnlos: Man könne mich zu gar nichts zwingen. Im übrigen berühre sie mich auch kaum, wollte ich hinzufügen, da läutete das Telefon. Ich eilte zum Schreibtisch. Es war meine Cutterin, mit Fragen zu einem Filmchen über Neue Sinnlichkeit und so weiter, wir sprachen über jeden Punkt. »Ciao, ciao«, sagte sie vor dem Auflegen, es herrschte ein gelöster Ton bei uns. Leise wie ein Dieb schlich ich zurück. Es war wieder dunkel im Flur, kein Laut drang herein. Ich machte Licht und griff nach der Klinke. Mit einem Ruck riß ich die Wohnungstür auf. Es war niemand zu sehen, es war alles wie immer. Am Ende des Flurs, wo ein Japaner wohnt, standen

Schuhe auf dem Boden. Herr Sato ist also zu Hause, dachte ich noch, bevor ich mich einschloß.

Es folgte ein geglücktes Golf-Wochenende, Stunden des Vergessens in frischer Luft, bei mildem Ehrgeiz. Ich wurde von allen Seiten gegrüßt, eine Begleiterscheinung meines Berufes. Sie stört mich nicht, im Gegenteil, ich empfinde sie fast als natürlich; der Gedanke, ich sei einzigartig, kam mir relativ früh, nicht erst als Moderator. Am Montag traf ich meine Mitarbeiter, verläßliche Leute. Wir planten für die übernächste Sendung, ich gab den Rahmen vor; schon dunkelte es – ein Tag wie nichts. Und am Abend stand sie wieder vor meiner Wohnung. Es war kurz nach halb elf, die Nachrichten hatten begonnen, da beschlich mich ein Gefühl, als sei ich nicht mehr allein. Wie auf Schienen lief ich von Raum zu Raum, bis an die Tür. Ich legte ein Ohr an das Holz, und in diesem Moment sagte sie: »Ferngesehen, wie ... Vielleicht machen Sie ja heute mal auf. Hier ist die Frau hinter der Tür!« – »Hinter der Tür bin immer noch ich!« – »Irrtum, mein Lieber. Öffnen Sie jetzt.« Ich faltete meine Hände im Nakken und gab keine Antwort; mir war, als müßte ich das Leben in seiner schrecklichen Gesamtheit einlassen. »Wissen Sie, was ich heute den ganzen Tag über getan habe?« fragte sie, als stünden wir uns schon gegenüber. »In einem Anfall alles, was ich gerade finden konnte, schwarz gestrichen in meiner Wohnung. Nicht nur die Wände, alles. Ich bin noch wie betäubt von dem Lack. Aber schön sieht es aus. Ein Glanz ...« Ihre Stimme klang plötzlich beschwingt: So reden Menschen, die am Ziel sind, dachte ich. Dann schrillte meine Wohnungsklingel, zweimal kurz, zweimal lang. »Menschenskind!« schrie ich auf und sah mich im Garderobenspiegel und knipste das Licht aus. Mein Blick ging auf die Klinke. Ich wartete ab. Endlich holte sie Luft und pfiff ein paar Töne, wie ein Kind, das sich langweilt. »Gut, gut, gut, Sie bekämpfen Ihr Mitleid – machen wir beide. Als ich noch am Meer lebte, besaß ich einen Hund. Ich warf ihn jeden Tag von einem höheren Felsen ins Wasser und versuchte ihn nicht zu bedauern. Schließlich war er mir so gleichgültig, daß ich ihn von einem ganz hohen Felsen herunterwarf. Er sollte ans Ufer schwimmen, aber kroch auf eine Klippe. Du hündischer Hund, brüllte ich, schwimm! Aber er rührte sich nicht. Eine Woche lang blieb er dort sitzen, ich hab' ihm meine Reste zugeworfen, jeden Tag ein bißchen weniger. Ein paar Mitleidige haben ihn dann ans Ufer geholt. Seitdem war alles aus zwischen mir und dem Hund ... Wie lange sitzen Sie schon auf Ihrer Klippe, drei Jahre?« »Jetzt reicht es mir!« rief ich und drohte ihr mit

Konsequenzen, und ein wildes in die Hände Klatschen hob an. Es klang wie Ohrfeigen, ich rannte zum Schreibtisch. Meine Hand griff den Hörer und legte ihn gleich wieder auf, ich lief in die Küche, das Klatschen ging weiter. »Endlich was los!« schallte es durch die Tür, als ich mit einem Bier in die Diele zurückkam. »Wissen Sie, daß ich neulich lauter Möbel in den Rhein geworfen habe, nur damit endlich was los war? Die ganzen alten Sachen – plumps. Auch dieses Schwarzstreichen geschah nur, um nicht zu versteinern. Ich habe alles schwarz gestrichen, sogar das Bad, sogar die Klorolle.« – »Vielleicht sollten sie sich auch noch schwarz streichen.« – »Ich bin doch eh' schon unsichtbar. Niemand erkennt mich in diesem Land. Ist das nicht komisch? Woanders lieben mich alle. Die Dänen lieben mich. Die Türken lieben mich. Die Inder lieben mich – diese vielen Inder –, nur hier liebt mich keiner. Außer Ihnen.«

»Ich liebe Sie nicht.«

»Das tut weh.«

»Nehmen Sie's nicht persönlich«, lenkte ich ein und trank einen Schluck und hörte sie flüstern – »Ach, iwo, es liegt ja auch an der Sprache. Die deutsche Sprache ist grausam … Eines Tages werden Sie mich lieb gehabt haben – so einen Satz dürfte es gar nicht geben. Was meinen Sie dazu?« Ihre Nägel schleiften über die Tür. Ich stellte das Bier auf den Boden und berührte die Klinke. »Mir macht die Sprache keine Schwierigkeiten. Nur Sie. Geben Sie auf ...« Ein Trommeln unterbrach mich: vier, fünf wütende Schläge, dann Stille. Wie alt sie sei, fragte ich, worauf das Licht im Flug anging. »Warum fragen Sie nicht gleich, wie ich aussehe? Keine Frau hat meine Augen. Sie sind groß und golden. Ich wünschte, ich hätte nur Augen. Oder nur Augen und Wangen. Niemand erträgt meinen Anblick ...« Da zog ich die Tür auf und sah eine schmale Gestalt, die beide Hände vors Gesicht schlug. »Bin nicht da ..., bin nicht da ...«, sagte sie in einem seltsamen Singsang und machte sich klein, und ich bat sie, zu gehen. Sie müsse begreifen, daß es ein Recht auf Privatleben gebe, Sie müsse ... – »Es gibt doch gar nichts, was ich nachvollziehen möchte«, fiel sie mir leise ins Wort, gleichzeitig wurde es dunkel; ich wollte die Tür wieder schließen, aber schon hatte sie etwas dazwischen. »Wir waren beide nie der Liebling eines Menschen. Ich sehe doch in Ihrer Sendung, wie Sie das ständig vertuschen.« – »Die Tür loslassen«, rief ich und überlegte, ob ich treten sollte. »Nur ein einziger Satz noch«, kam ihre Stimme von unten, »ein Satz noch aus dem Zuschauerraum ...« Ich trat zurück, ich stieß das Bier um. »Also reden Sie jetzt. Und dann hauen Sie ab!« Von der Küche her fiel ein Streifen Licht in den Flur. Ich sah ein dunkles Bündel – sie schien auf dem Abtreter zu knien, die Hände noch immer erhoben. »Also reden Sie jetzt, das klingt ja wie: Sprechen Sie nach dem Ton Ihre Nachricht; Sie bringen mich um.« – »Ich werde mich hüten.« Einen Augenblick lang spreizte sie ihre Finger. »Wie Sie beben vor Wut, ich spür's bis hierher. Es tut mir in der Seele weh. Leider gibt's für Schmerzen keine Beweise. Seit ich denken kann, befinde ich mich in Beweisnot. Wie geht es Ihnen?«

»Mir geht es gut. Warum verbergen Sie Ihr Gesicht?« – »Welches Gesicht? Kann ich jetzt endlich herein . . .« Sie erhob sich, und ich warf mich gegen die Tür, krachend fiel sie ins Schloß; es klingelte dreimal. Da schrie ich das schlimmste Wort für eine Frau, das ich kenne. Die Stille danach war wie die Stille während eines Tonausfalls: als sei jemand gestorben. Dann kam ihr Applaus, dazwischen hörte ich Schritte. Es wurde hell im Flur. Ich bückte mich nach der Bierflasche und trank den schäumenden Rest. Nie hatte ich diesen Ausdruck benützt, außer im Spaß. Die Tür des Japaners ging auf und zu, ich schaute durch den Spion. Irgend etwas war anders als sonst. Der Flur wirkte kahl. Kurz bevor das Licht wieder ausging, merkte ich es: Vor der Tür von Herrn Sato fehlten die Schuhe! Ich drehte den Schlüssel herum und kehrte ins

Wohnzimmer zurück. Der Fernseher lief noch. Die Nationalhymne wurde gespielt; so endete dieser Montag.

Das übliche Hin und Her vor meiner Sendung am Dienstagabend war für mich wie eine Droge, die den Verstand und die Sinne allein auf jene fünfundvierzig Minuten live ab einundzwanzig Uhr lenkte und alles andere – Kleinkrieg mit Kollegen, Krankheit oder Lebensekel, privates Glück und Unglück und also auch die Frau hinter der Tür – vergessen ließ. Ich war die Konzentration selbst an dem Tag und war doch wie betäubt. Die Stunden verflogen. Ebenso verflogen die fünfundvierzig Minuten. Alles lief ohne Fehler, als sei ich kein Mensch. Nach der Sendung noch ein Bier mit der Technik – gegen elf Uhr war ich zu Hause. Erst in der Wanne kam ich zur Besinnung. Ich hatte etwas über neue Formen der Geselligkeit gemacht, und die Gedanken und Gesten, die dazu notwendig waren, lösten sich nun von mir wie der Schmutz dieses Tages. Ich wusch meinen Körper und dachte an nichts und erschrak um so mehr, als es klopfte. »Keine Eile«, rief sie, »erst abtrocknen«, und ich boxte gegen die Kacheln. Nur in ein Handtuch gehüllt, ging ich mit tropfendem Haar in die Diele. Ihre Nägel schlugen jetzt einen Rhythmus an die Tür, der mir wie ein Zeichen zwischen Liebenden vorkam. »Was wollen Sie?« brauste ich auf. »Lassen Sie sich sonstwo helfen!« Sie wiederholte den Rhythmus und setzte einen Schlußakkord. »Ich sah Sie vorhin bei mir und dachte: Ich komm' mal vorbei. Oder haben Sie keinen angenehmen Abend gewünscht? Angenehmen Abend noch, haben sie doch deutlich gesagt und hätten dabei fast gezwinkert; schon fertig gebadet? Ich habe ihr Wasser gehört... Und was heißt helfen? Ich hasse alle Helfer. Ich suche doch Leute wie Sie, ohne Mitleid. Wir zwei Unmenschen in Ihrer Wohnung, wie wär's?« Sie lachte auf, und ich fror und wollte meinen Hausmantel holen. »Wohin gehen Sie?« schallte es durch den Flur. »Sie gehen doch auch nicht mitten in der Sendung weg!« Ich löste das nasse Handtuch von meinem Körper und machte einen Knoten hinein. Sekunden vergingen. Dann seufzte sie plötzlich, und ich schlug den Knoten gegen die Tür. Wieder vergingen Sekunden, bis sie den Atem einzog und sich leise bedankte und mir riet, etwas anzuziehen, um mich nicht zu erkälten. Da schlug ich erneut zu, um sie zum Schweigen zu bringen, und sie sagte, »He«, und rieb an der Tür und machte Pschscht... »Wir gehören ja beide zu der Sorte, die sich zu Hause selber umarmen. Gar nicht so einfach, stimmts? Die Arme reichen nicht aus. Man steht wie abgebrochen da. Alles bekannt... Und ein Haustier hilft einem auch nicht. Selbst wenn man es liebt.

Ich habe meinen Hund über alles geliebt, bevor ich gemerkt habe, wie hündisch er war. Warum sagen Sie nichts? Immer noch nackt?«

»Gehen Sie ...«

»Wohin?«

»Egal.«

»Pah! Ist doch nicht Ihre Sprache! Sie sperren sich hier ein, das spricht für sich. Ich laufe wenigstens noch frei herum. Heute vormittag war ich im Theater und habe die ganzen Theaterplakate gekauft und dann zu Hause zerrissen. Ich hasse diese eleganten Plakate. Nachts lauf' ich durch die Stadt und zerkratze sie mit einem Messer. Elektra, Nora, Käthchen – ritsch, ratsch. Niemand ist lebendiger als ich, keine Frau; unerträglich, nicht wahr?« Ich ließ das Handtuch fallen und griff mir an den Kopf. Dann rief ich, »hau' ab«, und fügte hinzu, dies sei jetzt meine letzte Warnung – wenn sie nicht auf der Stelle verschwinde, geschähe ein Unglück! »Ein Unglück kommt selten allein«, rief sie zurück, und ich hörte ein Geräusch, das wie das Hinstellen eines Eimers klang. Es wurde hell im Flur, ich legte ein Ohr an die Tür – alles blieb still. »Sind Sie noch da?« fragte ich. »Nur keine Angst«, war die Antwort. Da schaute ich durch den Spion, aber sah nichts als den Flur. Wahrscheinlich kniete sie wieder am Boden; vor der Tür von Herrn Sato standen auch in dieser Nacht keine Schuhe. Die

Stille hielt an. Mein Nackenhaar begann sich zu sträuben; und ich sagte: »Sie haben mich also gesehen heut – wie fanden Sie's denn?« Ein Auf und Ab, als wischte sie über die Tür, drang an mein Ohr. »Wie ich die Sendung fand? Bis auf Ihr Beinahezwinkern war nichts los. Die normale Verachtung. Aber es gibt so Tage ... Manchmal bin ich schon froh, wenn ein Wind geht und die Blätter bewegt. Warum haben Sie nicht richtig gezwinkert? Oder gleich gespuckt ...« Ich legte meine Wange an die Tür und schloß die Augen. Müdigkeit überkam mich, wie ein plötzliches Fieber. »Hören Sie«, versuchte ich es noch einmal in Ruhe, »ich muß langsam Schluß machen ...« – »Langsam Schluß machen, wie geht denn das vor sich?« Die Frage hatte ich mir nie gestellt; ich schwieg und löste mich von der Tür, ich trat vor den Spiegel. Das Licht reichte aus, um meine Gestalt zu erkennen. »Und schon ist man sprachlos«, fuhr sie fort. »Vielleicht schauen Sie sich mal ins Gesicht; langsam Schluß machen – daß ich nicht lache!« Ich hob den Blick. Wie ein Kind, das weinen will, schob ich die Unterlippe vor. Dann kam ihr Lachen, und ich schrie, »verschwinden Sie!«, und schlug mit den Fäusten gegen die Tür. Es wurde dunkel im Flur. Ich hörte meinen Atem und dieses immer gleichmäßiger werdende Wischen und wieder ein Pschscht ... Und da beschwor ich sie zu gehen, ja, flehte darum, und sie gab ihrer Verwunderung Ausdruck, mit einem Tzt-Tzt-Tzt-Tzt-Tzt, ehe sie vor sich hinmurmelte, wie man sich nur so erniedrigen und nur noch Mensch sein könne? Sie habe sich hier den angenehmen Abend versprochen, den ich allen gewünscht hätte, statt dessen ... Ich sah förmlich, wie sie den Kopf schüttelte, während mir das Wischen nun vorkam, als zöge sie eine Linie. »Was tun Sie da?« fragte ich endlich.

»Ich streiche Ihre Tür schwarz.«

Sie sagte das in aller Selbstverständlichkeit, und ich dachte im ersten Moment: Wer wird nun meine Sendung kriegen? Dann rief ich: »Warum?« – »Warum? Damit was passiert; ich hasse die Zeit wie den Tod. Wissen Sie, woran ich glaube? Nur an den Halbschlaf. Dort liegt das Glück. Sie armer Wacher ...« Ich griff mir an den Mund und machte einen Schritt auf den Garderobenständer zu. Ihre Stimme klang jetzt, als hätte ich Wachs in den Ohren. »Ziemlich groß, die Tür«, sagte sie. »Aber ich schaff's schon. Es wird wunderbar aussehen. Wo ich doch so viel Zeit an dieser Tür verbringe, muß sie auch schön sein. Es gibt ja keine schönere Farbe als schwarz; alles muß schön sein in meiner Umgebung. Es muß zu mir passen. So wie Sie.« – »Ich passe nicht zu Ihnen!« – »Wenn ich hier fertig bin, schon.« Sie sagte das im Ton eines

Liebesversprechens, und ich streckte einen Arm und griff nach dem Golfzeug; sie redete weiter und weiter, wie es mir schien. Ich tastete, bis ich den bleigefüllten Treiber hatte und drehte mich um. Es war nach wie vor dunkel im Flur, aber sie strich noch immer die Tür. Da war dieses Pinselgeräusch – als striche sie mir meinen Rücken. »Was habe ich Ihnen getan?« sagte ich wohl als nächstes, »nur zugehört am Telefon...« Sie schwieg und ich packte die Klinke. Es roch jetzt nach Lack. »Aber vielleicht wollen Sie es allen erzählen, was Sie mir erzählt haben – bitte, ich lade Sie ein. Sie erhalten Gelegenheit, sich in der Sendung zu äußern. Ich habe vier Millionen Zuschauer...« Da glaubte ich sie lachen zu hören und den Farbeimer ausleeren und riß meine Tür auf, nackt wie ich war, und schlug mit dem Treiber ins Dunkle und traf etwas und holte aus und schlug wieder und wieder, ohne ein Wort, bis das Licht plötzlich anging und Herr Sato im Flur stand und sich ganz knapp verbeugte, ehe er in die Wohnung zurücktrat. Ich aber schaute mich um und sah ein Loch in der Wand und den Putz auf dem Boden und sah meine Tür, die immer noch braun war, bis auf ein großes schwarzes Kreuz; der Schläger in meiner Faust war unten völlig zertrümmert. Ich habe mir das nie verziehen.

Abschließend über mein Leben nur das – ich war auf dem besten Weg, eine Persönlichkeit zu werden. Alles, was ich tat, sah mir ähnlich, ich selber glich immer mehr der Umgebung, die ich mir schuf; die ganze Wertpapierabteilung war auf mich stolz. Und dann passierte folgendes: Ich strich mal wieder durch gewisse Häuser, schaute hier und dort in ein Zimmer, da winkte mich eines der Mädchen heran. Es war eine Deutsche, vielleicht die letzte im Viertel, brünett, mit runden Knien und schmalen Händen. Bekleidet war sie eigentlich nur mit roten, wollenen Beinwärmern, die bis zur Mitte ihrer Schenkel reichten; es waren selbstgefertigte, ich erkannte das nach etlichen Jahren mit strickenden Frauen. Sie saß auf ihrem breiten Bett, vor sich ein aufgeschlagenes Heft, und fragte, ob ich Englisch könne. Kaum hatte ich bejaht, zeigte sie mir ein Bild in dem Heft. Ich zuckte zurück. Zuckte nur, obwohl's zum Davonlaufen war (aber davonzulaufen sah mir nicht ähnlich). Das Bild war eine peinlich genaue Zeichnung, die ich auch auf den zweiten Blick für das Polizeifoto eines Selbstmörders hielt. Ein Mann Mitte dreißig, heruntergesprungen vom zwanzigsten Stock, geplatzt und ausgelaufen; aber im Anzug und ein Aktentäschchen in der Hand. Unterschrift: Yuppies Abortion. Was das bedeute, wollte sie wissen. Und damit fing's an.

Ich setzte mich neben sie und vermied es, durch die Nase zu atmen. Sie roch nach Zimt und Kindercreme, und ich hatte kein Bargeld bei mir. »Passen Sie auf«, sagte ich, »das ist ganz einfach. Yuppie ist eine Abkürzung und bedeutet Young Urban Professional People, was so viel wie junge städtische berufstätige Leute heißt; frei übersetzt: Erfolgstypen. Und dieser Typ nun, will das Bild uns sagen, wächst schon im Mutterleib heran. So daß im Falle einer Abtreibung – Abortion gleich Abtreibung – etwas herauskäme, was der Zeichnung hier gliche. Das ist der ganze Witz. Wenn es ein Witz sein sollte.«

Ich schob das Heft beiseite und schaute zur Tür. Neugierige kamen und gingen. Durchreisende und Messebesucher, Detektive und Streuner; niemand, dem ich hätte die Hand geben wollen.

»Ist das alles?« fragte das Mädchen.

»An was dachten Sie denn?«

»An einen tieferen Sinn.«

»Das fehlte noch«, rief ich.

Ich war erstaunt. Ich hatte ihr doch eine erschöpfende Auskunft gegeben, oder nein? Sie beugte sich jetzt über das Heft, auf ihrer Stirn erschien eine tiefe, ehrliche Falte (nicht dieser Ausdruck falscher Sorge, wie in der Wertpapierabteilung).

»Na, dann eben kein tieferer Sinn«, sagte sie und bot mir eine Zigarette an. Ganz selbstverständlich hielt sie mir das Päckchen hin – das hätte mir schon etwas sagen müssen. Eine derartige Aufmerksamkeit in einem Frankfurter Puff! Ich bediente mich und machte es mir ein bißchen bequemer. Und dann geschah dies: Mein Büffelledermäppchen in der einen Hand, in der anderen die Zigarette, begegnete ich ganz überraschend meinem Gesicht. Ich sah mich in einem mannshohen Spiegel und bemerkte, daß es noch mehr Spiegel gab, an jeder Wand und sogar an der Decke. So weit, so gut. Nur sah ich aus, als hätte mir jemand ein Dutzend Backpfeifen verpaßt. Wie ein Kindskopf hockte ich da, mit glühenden Wangen. Das Mädchen reichte mir Feuer. Sie sagte: »Ich versteh's einfach nicht.«

»Also schön«, begann ich von vorne. »Zunächst der Titel des Bildes. Yuppies Abortion gleich Abtreibung eines ...«

»Wieso eines?« unterbrach sie.

Ich stieß den Rauch durch die Nase. Sollte ich über den Genitiv streiten? Sie machte mir einen gescheiten, aber keinen gebildeten Eindruck. Vierundzwanzig mochte sie sein; auf ihrem Nachttisch lag eine Brille. »Also bitte. Sagen wir Erfolgsmensch-Abtreibung, paßt Ihnen das?«

»Ja. Aber ich verstehe es immer noch nicht. Wen soll das Bild denn erreichen? Diese Erfolgstypen, um ihnen klarzumachen, daß sie schon im Mutterleib so ausgesehen haben? Wendet es sich etwa an die Abgetriebenen selbst? Wohl kaum.« Sie zog ihre Beinwärmer bis an den Schritt und lächelte, daß mir der Atem wegblieb. Dann fügte sie leise hinzu: »Wer also ist in dieser Titelzeile das Subjekt?«

Ich stieß einen kurzen Pfiff aus und schaute zu Boden. Ihre Frage war natürlich berechtigt. Abgesehen davon bewegte sie mich. Wie lange hatte ich dieses schöne Wort nicht mehr gehört? Seit meinem Eintritt in die Wertpapierabteilung nur noch in abfälligem Sinne. »Gar kein Zweifel«, antwortete ich. »Yuppie ist das Subjekt.«

Und was tat sie? Sie winkte nur ab. »Unsinn. Der junge Erfolgsmensch ist Gegenstand der Abtreibung, tut mir leid.« Und damit strich sie mir beiläufig über den heißen Kopf, und ich spürte ihre Hände, als sei kein Haar mehr dazwischen. Soweit ich mich an meine Frankfurter Schule erinnern konnte, hatte sie wiederum recht. »Aber irgendwer«, meinte ich trotzig, »muß doch hier das erkennende Ich sein!« Worauf sie nur sagte: »Ja sicher. Denn unser Yuppie ist doch ein Objekt mit Köpfchen!« – gleichzeitig reichte sie mir einen Aschenbecher. O, ich bewunderte sie in diesem Moment. Die wenigsten in unserer Abteilung waren so gescheit. Ich wollte sie ansehen, doch sie war beiseite gerückt. Wieder sah ich nur meiner Wenigkeit ins Gesicht; offenbar verzerrten all ihre Spiegel. Ich sah einen Menschen mit vorspringender Stirn und einem Radieschen von Nase. Unsicher geworden, wollte ich wissen, ob sie studiert habe.

»Ich und studiert? Ich lese. Viele meiner Kunden bringen mir Bücher. Sachen, die sie nicht mehr so gerne zu Hause stehen haben, ich weiß nicht, warum. Hier, meine Sammlung ...« Und sie zog einen flachen Karton unterm Bett vor, voll mit Büchern, die mir vertraut waren wie Straßenekken aus meiner früheren Gegend. Ein ganzer Karton Dialektik, wenn Sie so wollen. Broschüren, Raubdrucke und Sonderausgaben, teils liebevoll geflickt, teils mit Zeichen der Empörung versehen; Adorno zuoberst. Sie warf das Haar zurück. »Warum liefern all diese Männer all diese Bücher hier ab, könnten Sie mir das bitte erklären?« Sie schob den Karton wieder unter das Bett; ich sagte nachdenklich: »Tja ...«

»Was heißt Tja?«

»Nun ...« Ich griff noch einmal nach dem Heft und vertiefte mich wieder in das scheußliche Bild. »Sehen Sie«, fuhr ich mit leiser Stimme fort, »in diesen Büchern steht eine Auffassung vom Menschen, die man heute belächelt. Und gewisse Texte sind sogar zu einer seelischen Belastung geworden; wie alle angehäuften Dinge befinden sie sich auf der Seite des Todes. Abgesehen davon können sie die ganze Komposition einer Wohnung verpatzen. Und mehr. Der Persönlichkeit schaden. Wer heutzutage als gestylt gilt, wurde in diesen Büchern noch als analer Charakter beschrieben ...« Wie ein peinlicher Geruch erfüllten diese Worte plötzlich das Zimmer; wir schwiegen eine Zeitlang, bis sie mich fragte: »Und wie ist heute die Auffassung vom Menschen?«

Ich schlug das Heft zu (es war ein Magazin aus den Staaten) und sah mich im Spiegel erschrekken. Meine Schuhe berührten den Boden nicht mehr. Ich saß auf einem Bettrand, ohne Kontakt mit dem Boden! Aber auf keinen Fall wollte ich mir irgend etwas anmerken lassen. »Also«, erklärte ich, »es gibt zwei Grundauffassungen heute. Die einen behaupten, es gebe gar kein Subjekt, wir existierten höchstens als Sprachrohr – die anderen lassen das Ich triumphieren; sie glauben fest an die Welt, aus der sie hervorgehen.«

»Und Ihre Auffassung?«

Ich versuchte die Füße zu strecken, doch es nützte nicht viel. »Wenn Sie mich fragen: Das Subjekt ist bloß eine Hoffnung.« Natürlich glaubte ich fest an die frei verfügbaren Kräfte des Menschen, nur schien es mir im Augenblick vernünftiger, mich einer Auffassung anzuschließen, die meinen Halluzinationen entsprach: Ich sah mich mehr und mehr schrumpfen. »Nein«, betonte ich nochmals, »es gibt kein Subjekt. Man kann niemanden für sich selber verantwortlich machen. Basta.« Das Mädchen nahm meine Hand, die in der ihren verschwand. Zum zweiten Mal erschien die ehrliche Falte auf ihrer Stirn. »Wenn das so ist, kann ich ja aufhören zu lesen; ich sollte wieder zu stricken anfangen.« Sie ließ mich los und langte über das Bett, in einen Korb. »Bittesehr, hier ...«

Und sie zeigte mir einen halbfertigen Beinwärmer in Schwarz, eine lange, silbrige Nadel steckte darin. Ich sah dieses Strickzeug, und ich sah sie da neben mir liegen, so auf dem Bauch, mit einem Hohlkreuz wie eine Schaukel. Warum hatte ich kein Bargeld bei mir? Warum nur diese Plastikkärtchen? Alles bekam man dafür, bloß keine Zärtlichkeiten; ich erwog, ihr ein Tauschgeschäft anzubieten – ihr Körper gegen meine Uhr aus der Schweiz. Dann horchte ich auf.

Im Flur wurde heftig geflüstert. Ich bat das Mädchen, die Türe zu schließen.

Mit einer fließenden Bewegung kam sie vom Bett hoch. Sie schloß die Tür und drehte den Schlüssel herum; das hätte mir eine weitere Warnung sein müssen. Aufgeschossen wie sie war, mit Hüften wie von einem Sattler (sicher ein überholter Vergleich, doch der Gedanke traf mich ins Mark), blieb sie an die Tür gelehnt stehen und schaute auf mich herunter.

»Es tut mir so leid«, sagte sie.

»Was tut Ihnen leid?« Ich war mit einemmal alarmiert. Mein Verstand war so wach, als säße ich in einem Bewerbungsgespräch. An diesem Mädchen, schien mir, hing jetzt mein weiteres Leben. Sie kam einen Schritt auf mich zu, unwillkürlich hob ich die Arme – wenn meine Arme diesen Namen noch verdienten: es waren nicht mehr als drollige Ärmchen; ich sah mich da sitzen und fuchteln, meine kleinen Füße trommelten gegen das Bett. Im Vorbeigehen streichelte sie mir über den Kopf, und ich nahm allen Mut zusammen, den ich noch hatte. Entschlossen stellte ich mich auf das Handtuch, das in der Mitte jedes Hurenbettes liegt. Keine Frage, ein Gewinn! Befand ich mich nun wenigstens auf Augenhöhe mit ihrem Busen. Groß und weiß und glatt sah ich ihn vor mir, und sie kam immer näher. Irgendeine Schnulze summend, löste sie ihr Oberteil – und bot mir die Brust. Ich schwankte. Ohne rechten Halt auf der weichen Matratze, ruderte ich mit meinen Ärmchen, und sie packte mich einfach.

»Aber nicht doch«, nuschelte ich, als fehlten mir sämtliche Zähne. Ich wollte mich losstrampeln, aber schon drückte sie mein Gesicht an ihr warmes Gewoge. Und da klebte ich nun. Klebte und vergoß ein paar Tränen. Worauf sie hinter sich griff und eines der berühmten Allzwecktücher aus der Spenderbox zog. Sie tupfte mir die Wangen ab, ich durfte mich schneuzen; kurz: Sie war gut zu mir. Das gebrauchte Tuch knüllte sie ohne ein Zeichen von Ekel und warf es in den unvermeidlichen Eimer für den Abfall der Lust; dem Umstand, daß sie den Eimer nicht wieder schloß, schenkte ich keine Beachtung. Ich hielt sie jetzt für eine Anfängerin, noch weit entfernt von einer richtigen Hure. Im allgemeinen seien Prostituierte ja herzlos, hieß es in unserer Abteilung; ihre Gemütsverfassung galt als beschränkt. Man sah sie eigentlich nicht als Menschen, billigte jedoch die Tatsache, daß ihre Dienste zu beanspruchen etwas Menschliches war. Ich stand noch immer auf dem Bett, sie schaute in den runden Eimer. »Man kann also niemanden für sich selbst verantwortlich machen«, zitierte sie mich.

»O ja, so ist es.«

»Und was bedeutet das?«

Ich überlegte nicht lange. Ich sagte: »Man selber ist nichts. Sogar der Selbstmord ist Illusion. Selbst ist der Spinner.«

»Und wie steht es mit Mord?«

Sie gab mir einen Schubs, und ich fiel auf den Rücken; ich sah, wie sie die Brille aufsetzte. Obwohl sie aufgerichtet über mir stand, war ihr ganzer Körper von leichter Bewegung erfüllt; nur das Gesicht wirkte ruhig. Nein, mir war nie ein weiblicheres Wesen begegnet, nicht einmal im Traum. Sie wiederholte ihre Frage.

»Nun«, sagte ich mit hoher Stimme, »man kann zwar einen anderen töten, aber Mörder *sein* kann man nicht – auch diese Form der Entfaltung ist nur Illusion. Enttäuscht?« Sie schüttelte sachte den Kopf, ich hörte ihr knisterndes Haar. Wie in Sorge um mich nahm sie mein Händchen – und führte es an ihren Schoß. Mir stockte das Herz. Behutsam wies sie meinen winzigen Fingern den Weg. »Ich kann also niemals ...«

»Nein«, fiel ich ihr ins Wort. »Nie und nimmer.«

Daraufhin nahm sie auch mein anderes Händchen und brachte es ebenfalls unter. »Es tut mir so leid«, meinte sie wieder. »Bitte, was tut dir leid?« In meiner Panik duzte ich sie. »Daß gerade Sie es waren, dem ich das Bild gezeigt habe; gerade du ...« Sie weinte auf einmal, sie sagte, so könne ich nicht mehr unter die Menschen. Und ich begann zu begreifen. Ihr Mund wurde schmaler, sie zog ein Knie an. Schon beugte sie sich weit übers Bett; mein Blick fiel in den Spiegel an der Decke. Er war leer. Jemand pochte gegen die Stahltür. Ich dachte: Meine Kollegen, gleich wache ich auf. Einen Augenblick später sah ich die silbrige Stricknadel in ihrer Hand.

Inhalt